KB125406

침묵을 닮은 음악

우리가 만진 것들이
우리의 모습이 된다.

우리가 들은 소리가
우리의 목소리가 된다.

우리가 지나온 길들이
우리가 인도하는 길이 된다.

자신에게 쏟은 시간으로
우리는 스스로를 이해해간다.

CHAPTER I

CHAPTER II

CHAPTER Ⅲ

CHAPTER I

고요함은 어디있는가?

당신은 평생 고요함을 찾아다녔다.

고함을 지르고, 문자메세지를 보내며.

기차를 타고, 지하철을 타고.

사람들이 북적이는 시내에서,

끊임없이 음악이 터져 나오는 길거리에서.

사람들에게 그가 어디 있냐고 물었다.

그러자 사람들은 그를 왜 찾냐고 되물었다.

당신은 중요한 소리를 들을 수 없다고 대답했지만

그 목소리는 사람들 말소리에 묻혀버렸다.

가끔씩 당신은 그를 찾은 것 같았다.

새벽의 검은 적막 속에 문득 눈이 떠졌을 때,

아무도 더 이상 당신을 불러내지 않을 때.

그러나 그때마다 당신은 그를 찾아야 한다며

외투를 걸치고 전화를 걸며 집 밖으로 나갔다.

하지만 고요함은 항상 당신 곁에 있었다.

자기를 찾는 당신의 목소리가 지쳐

잠시라도 조용해질 때를 기다리며.

도둑 혹은 강도

밤에 외출할 때
돌자갈이 자그락 밟히는 소리를 나는 좋아한다.
그리고 깊은 밤의 먼 공간을 채우듯이 웅웅대는 공기 소리도.
그 소리는 내가 처음 부모님과 같이 자지 않게 된 날
혼자 누운 방에서 창밖으로 들었다.
그리고 여름밤의 풀벌레들의 울음소리도.
그들은 누군가에게 들키기라도 할까 신경 쓰는 듯 조심스럽게 소리
낸다.
오직 나만이 그들을 목격한 사람.
그리고 나는 인적 없는 길모퉁이에서 살 떨어지는 소리도 내지 않고
오래 키스를 하는 두 연인도 들었다.
나는 그들을 눈으로 쳐다보지는 않았다.
하지만 뚫어져라 쳐다봤어도, 내가 있는 줄도 몰랐을 것이다.
그들은 깊게 눈을 감고 있었으니까.
그들은 어둠 속에서 몰래 서로의 입술을 훔친 도둑이다.
하지만 서로의 것을 훔쳤는지 그들 자신도 모른다.
언젠가 알게 될 것이다, 언젠가 자기 것을 챙겨 다른 이에게로 가려
할 때.
그때 알 것이다, 서로가 영원한 공범으로 남았음을.
또 둘이서만 기억할 완전범죄임을.
그 공소시효는 아마도, 몇 년 뒤, 문득 삶에 지쳤을 때, 기댈 이가 필
요해졌을 때,

언젠가 많이 늙어서 기억들이 몸밖으로 하나씩 빠져나가며 작별 인사
를 할 때까지.

그리고 만약 멀쩡했던 가슴이
어떤 계기로 인해 구멍이 뻥 뚫려버렸다면.
그래서 빈자리를 메꿀 이를 찾아야 한다면.
소중한 물건들을 따로 모아둔 꾸러미를
누군가 통째로 들고 날라버렸다면.
잘 나아가던 배를 누가 멈춰세우더니
어느 날 보자 바닥 한쪽이 새어 침몰할 위기에 처했다면
그건 분명 강도였을 것이다.

태풍의 눈 안에서

당신이 손쉽게 사랑에 빠졌을 때
당신은 그 사람에 대해 안 적이 없었다.
당신은 고요한 태풍의 눈 안에서
태풍이 무엇인지 알고자 했다.
에펠탑의 다리 아래에서
에펠탑을 찾으려 두리번거렸다.

그 사람이 당신을 떠나고
당신에게 남긴 상처가 어떤 것인지 알 때
비로소 당신은 그를 안 것이다.
태풍이 파괴하고 지나간 도시의 잔해 사이에서
당신은 그 이름을 잊지 못하게 된 것이다.
비행기를 타고 파리를 떠날 때에야 비로소
창가 아래로 에펠탑의 전체를 본 것이다.

당신이 매일 살아가는 시간 속에 있을 때
당신은 추억에 대해 안 적이 없다.
행복이 현재를 지나쳐 과거가 된 후에야
비로소 당신은 뒤돌아보고 추억이 무엇인지 안 것이다.

양파 손질

칼로 양파와 배추를 쪼갠다.
우리는 껍질 속까지 씻을 필요는 없다.
그것이 흙구덩이에서 자랐음에도 불구하고
그 속은 깨끗한 채로 침범당한 적이 없다.

비록 우리의 말과 행동이
거짓으로 얼룩져있어도
그 안에 더럽혀지지 않은 부분
아직 건드려지지 않은 것이 있다.

침묵을 닮은 음악

내게 소란을 닮은 음악이 아닌
침묵을 닮은 음악을 들려달라

논리에 가까운 말이 아닌
행동에 가까운 말을 들려달라

먼 날의 환상 속의 소망이 아닌
지금 내 발밑에 놓인 기쁨을 들어달라

내게 아름다움이 무엇인지 설교하지 말아달라
대신에 내가 당신의 아름다움을 누리게 해달라

쇼핑백

당신에게 아침 일찍 눈을 뜨고
매일같이 전철에 몸을 싣는 것이
그럴만한 이유가 있기를.

그래서 당신이 바라는 만큼 일하고
그 대가로 받는 것이 돈 이상의 의미가 있기를.

휴일에 여유로이 보내는 시간.
즐거운 사람들과 함께, 집으로 돌아가는 길에
커다랗게 부푼 쇼핑백처럼
아직 개봉되지 않은 행복이 거기 담겨있기를.

그 겉에 쓰인 상표와 문구처럼
당신의 삶이 하나의 상징으로 나타나고
사람들이 그것을 보고
당신이 어떤 사람인가 알아보기를.

수많은 천재들

사람들의 입에 오르내리는
그 수많은 천재들의 이야기는 그만해주겠니.
또한 TV와 사람들의 입에 오르내리는
이 시대 모든 유명인들의.

그런 건 내 마음을 아프게만 할 뿐이니까.
내가 아무리 그들처럼 된다고 해도
결국 밤에 잠들 때 옆에 있어줄 사람은
위대한 영웅이 아닌 평범한 누군가이니까.

페이지를 넘기는 손가락이 메마르도록
그들의 책을 읽고 많은 깨달음을 얻더라도
내 손가락을 촉촉하게 적시는 건
그들이 아닌 다른 한 사람의 손가락이니까.

나와 목소리를 주고받을 수 있고
내게 오늘이 어땠는지를 물어봐 주는,
내가 웃는 것을 그가 듣고
그가 웃는 것을 내가 들을 수 있는 이는
역사 속의 인물이 아니라
지금 나와 함께 숨 쉬는 사람이니까.

내 손이 잡고 있을 수 있는 건
전 인류의 손이 아니라 지금 내 곁에 살아있는 단 한 명의 손이니까.

화려했던 도시의 조명들은...

화려했던 도시의 조명들은
새벽의 부연 안개에 뒤섞여 스러졌다.
밤새 끊이지 않던 소란스러움은
검은(불 꺼진) 아파트들의 침묵 속으로 사라져갔다.
이 모든 떠들썩함, 하룻밤의 사랑, 번개처럼 부딪치는 술잔들도
곧 막을 내리리라.
오늘 밤 진심으로 나눈 대화이든
허례로 덮인 가식이든
진정 노력으로 얻은 것이든
배신과 같은 패배이든
아침이 오면 다 없었던 일이 되리라.
술집과 상점들이 시커멓게 문을 내리닫고
길거리에 넘쳐나던 갈 곳 잃은 젊은이들은
쓸쓸히 골목길로 흩어지리라.
아침에 눈을 뜬 낯선 남녀들은
자기가 벗었음을 깨닫고
얼굴을 붉히며 서로 등을 돌리리라.
전철은 패배자처럼 힘이 빠진 그들을 싣고
새벽 일찍 집으로 향한다.
승객들은 잠들기를 원하며 머리를 기대어본다.
세상은 하루를 준비하기 위해 분주해지고
밤은 도시의 깜빡이는 전등과 함께 눈을 감는다.
늦은 잠을 청하는 그들의 머리 위로

아침이 밝아온다.

또 한 번의 아침

또 한 번의 아침,
내가 눈을 뜰 수 있었던 것은
부서진 의식이 다시 결합되었기 때문.

시간의 끝에서 나는 생각한다.
나를 나로서 유지시켜주는 것이
언젠가는 무너져내릴 것이라고.

내 손이 당신의 팔을 붙잡을 때
내 피부의 경계가 당신 속으로 허물어질 것이라고.

번데기가 껍데기로 자신을 감싸고
건반들 사이에 구분이 필요하듯이
인간에게는 외로움이 필요한 것이라고.

무엇이든 쉬운 말로, 추상적인 단어들로
간단히 정의 내리기엔
우리의 삶은 각자 너무 다르다는 것을.

테이블에 마주 앉아

만약 우리가 다시 만나게 된다면
우리는 처음 만나는 것이다.
그 사이에 둘 다 다른 사람이 되어버렸으니까.
나쁜 면은 물론,
우리의 좋은 면조차 변질되어버렸으니.
우리가 가진 것은 물론,
살아온 삶마저 별 소용없는 일이 되었으니.
그러니 낯선 이를 바라보는 시선으로
서로의 눈을 보고
자신에 대한 소개를 하자.
그대는 누구신지,
누가 그대에게 그렇게 되어오라 하였는지?
나 또한 휘감기는 인생의 불길을 쫓다가
원치 않게 이런 모습이 되어버렸으니.

감옥

무엇이 감옥인가
잠드는 것보다 눈뜨는 것이 더 고통스러운 것
혹은 항상 술에 취해있어야만 하는 것
스스로의 다짐을 어기고 자신의 배신자가 되는 것
내가 틀렸을 수 있다고 가정하지 못하는 것
가장 가까운 해답만은 예외로 두는 것
작은 것을 좇느라 큰 것을 포기하는 것
목표가 삶 위에 군림하는 것
할 말을 목구멍 밑으로 삼키는 것
좋아하는 사람 앞에서 얼어붙는 것
친구가 병실에서 죽어갈 때
기다리는 것 외에는 해줄 수 있는 일이 없는 것
문득문득 떠오르는 욕망을 환상의 안갯속에 남겨두는 것
자존심을 부러뜨리고 무릎 꿇어보지 않는 것
책임을 집어던지고 당당히 나가버리지 못하는 것
단 한 번의 목숨으로 인생이 끝난다는 것
이대로 모든 것이 끝난다는 사실 앞에서 웃을 수 없는 것
그것이 감옥이다

좁은 방에서의 자유

사람들은 자기 몫을 다했네.
그들에겐 먹고 마시고 떠들 일만이 남았네.
나는 소음으로 뒤엉킨 사람들을 조용히 빠져나와
내게 남겨진 일을 하네.
축축한 창고를 뒤적이며,
어두운 터널을 오가며,
탁상 조명 앞에서 밤을 새우며.

사람들은 자기 몫을 다했네.
아침 일찍 눈을 떴고 해가 질 때쯤엔 녹초가 다 되었으니.
그러나 나는 쉴 자격이 없어
비밀스런 작업에 매달리네.
미량의 희망만을 붙잡고 늘어진 채,
그 자리에서 엎드려 잠이 들 때까지.

마치 이 현실이 내게 감옥이고
이루어질 미래가 최소한의 자유인 것처럼.
마치 거기 모여있는 사람들이 환상이고
여기 혼자 남은 나만이 진정한 인간인 것처럼.

옷을 벗으라

당신이 입은 옷을 벗으라
당신을 나타내는 모든 것들을.
사람들이 부르는 당신의 이름,
당신이 잘할 수 있는 것,
당신의 자존심을 구성하고
사람들 앞에서 겁먹지 않게 하는 그 모든 것을 벗으라.
당신의 가족을 떠나라.
살면서 다시는 찾을 수 없을 것 같은 연인을.
20년을 함께한 친구를.
당신이 살아온 도시 자체를 버리라.
당신이 즐거움을 느끼는 것.
당신이 아직도 이루려 애쓰는 것.
심지어 남은 삶에 대한 어렴풋한 기대조차도.
그것들은 당신 자신이 아니라
당신이 겹겹이 입어온 옷들이다.
이제 와서는 무거울 뿐인 짐이다.
지금 벗지 않는다면
무덤 앞에서 벗게 되리라.
나약함의 시커먼 대문 앞에 서서
알몸으로 당당히 걸어들어가라.
당신의 규칙을 어기라.
당신이 가장 싫어하는 부류의 사람들처럼 행동하라.
당신이 아는 자신은 결코 당신이 아니다.

당신이 결코 안 적 없는 세상이 있다.
당신이 결코 경험해 본 적 없는 당신이 있다.

반대쪽의 기쁨

쉬는 기쁨이 있는가 하면
일하는 기쁨도 있다.

음식을 먹는 기쁨이 있는가 하면
욕망을 인내하는 기쁨도 있다.

여유를 즐기는 기쁨이 있는가 하면
정신없이 바쁜 기쁨도 있다.

잠을 자는 기쁨이 있는가 하면
밤을 새는 기쁨도 있다.

여행을 떠나는 기쁨이 있는가 하면
집과 일상으로 돌아오는 기쁨도 있다.

서로 사랑하는 사람이 있는 기쁨이 있는가 하면
신경 쓸 사람이 없는 기쁨도 있다.

남들과 섞이는 기쁨이 있는가 하면
완전히 잊히는 기쁨도 있다.

책을 읽는 기쁨이 있는가 하면
책을 덮는 기쁨도 있다.

춤추는 기쁨이 있는가 하면
가만히 앉아있는 기쁨도 있다.

완벽하게 해내는 기쁨이 있는가 하면
제멋대로 해치우는 기쁨도 있다.

멋지게 차려입는 기쁨이 있는가 하면
편한 차림으로 나서는 기쁨도 있다.

무엇을 사는 기쁨이 있는가 하면
그저 많이 모으기 위해 돈을 모으는 기쁨도 있다.

바로 결론을 내리는 기쁨이 있는가 하면
때가 될 때까지 잠자코 기다리는 기쁨도 있다.

새롭게 만나는 기쁨이 있는가 하면
아쉬운 채로 떠나보내는 기쁨도 있다.

영원히 함께하는 기쁨이 있는가 하면
영원히 이별하는 기쁨도 있다.

누군가를 좋아하는 기쁨이 있는가 하면
사람들을 방관하는 기쁨도 있다.

자유로운 기쁨이 있는가 하면
구속되는 기쁨도 있다.

하늘이 맑은 기쁨이 있는가 하면
비가 내리는 기쁨도 있다.

자신의 도덕을 지키는 기쁨이 있는가 하면
규칙을 파괴하는 기쁨도 있다.

타인을 존중하는 기쁨이 있는가 하면
타인을 짓밟는 기쁨도 있다.

꿈을 추구하는 기쁨이 있는가 하면
자신을 버리는 기쁨도 있다.

음악을 듣는 기쁨이 있는가 하면
침묵 속에 머무는 기쁨도 있다.

하지만 그중 한 가지를 선택하는 순간
그 무엇도 내게는 충분하지 않다.

이 빌딩의 숲에서

누가 당신에게 새로움을 가져다줄까?
감옥과 같은 이 빌딩의 숲에서.
늦은 여름의 문턱에서
가을의 찬바람이 내려오듯이
누가 당신에게 다시 아름다움을 가져올까?
더 이상 소망을 갖는 것을
바보 같은 짓이라 여겨
미리 심장의 문을 걸어 잠근 그대에게.
누가 당신에게 아무 대가 없는 웃음을 선물할까?
세상에서 주어지는 선물들이
그대에게 짐이 되고 암묵적인 약속이 되었으니.
누가 당신에게 그 모든 것을 일깨워줄까?
당신이 손에 쥔 것보다
더 많은 것을 가지고 있다는 사실을.
그리고 당신이 지금 다니는 곳을
머지않아 떠나게 되리란 것을.

흩어지는 불꽃

그대가 온 하늘을 덮어
모든 비를 막아낸다면
그대가 눈꺼풀을 덮어
눈부신 태양마저 꺼뜨린다면
세상은 그대에게 어떠한 아름다움도 선물할 통로가 없으리.

아름다움은 항상 두려움으로 포장되어 있으니
그대가 직접 다가가 그 베일을 벗겨내기 전에는
온 세상이 그대에게는
위험과 아득함으로 가득 찬 곳으로 보이리라.

그대가 밖으로 나가
손으로 햇살을 쥐어 부수고
그 안에서 흩어지는 불꽃을 보지 못한다면
살아가는 것이 그대에게 어떠한 즐거움도 줄 수 없으리.

작은 행동

나는 작은 행동들을 잃었네.
늦은 저녁 집으로 돌아와
어두운 방의 불을 더듬어 켜는 손가락을.

샤워를 하면서 흘리는
온수보다 더 뜨거운 눈물을.

누구에게 대접하기 위해서가 아닌
맛있게 먹기 위해서가 아닌
살아남기 위해서 차리는 식사를.

자기 자신과 주변 일을 잊기 위해서
텅 빈 밤바다로 향하는 발걸음을.

아무 목적 없이 보내는 일상 중에
먼 이상이 조금씩 움직여가는 행동들을.

목욕 속의 슬픔

뜨거운 물을 가득 받은 욕조 안에
무릎을 안고 웅크린 당신
뺨을 타고 촛농처럼 뚝뚝 떨어지는 눈물
수면으로 검은 잉크처럼 번지는 슬픔
젖은 머리칼의 무게에
한없이 고개를 숙인 당신
누구도 당신의 아픔에 대해서는 모른다.
누구도 당신의 깊은 부분에 먼저 말 걸어오지 않는다.
손으로 얼굴을 감싸고
차박이는 물소리
뿌연 김으로 가득 찬 욕실 천장
흐느끼기 시작하는 울음소리
이제 당신이 질문해야 할 때이다.
결코 당신이 알지 못한 당신
이제 당신이 대답할 차례다.

바람의 여자

그녀는 아침에 바람이 불어오면
고개를 들고 앞머리를 뒤로 쓸어넘긴다네.
그녀는 자신의 그림자를 표정 뒤로 숨길 수 있을 만큼
강인한 미소를 지니고 있지.
그녀는 밤에 모여서 술잔을 부딪치기보다는
낮에 혼자 산책하는 것을 좋아한다네.
들어봤는가? 수줍게 인사하는 그녀의 목소리가
Priscilla Ahn의 노랫소리처럼 들리는 것을.
그것은 마치 밀림의 빽빽한 나뭇잎들 사이로
미풍을 흘려보내는 것처럼 부드럽다네.
아, 그녀는 결코 바다에 빠지지 않을 거야.
한쪽 발이 물에 잠기기 전에
다른 쪽 발을 수면 위에 디딜 수 있을 만큼
그녀는 가벼우니까.
또 그녀는 흰 양산을 꼭 들고 다닌다네.
하얀 햇빛 속에서 녹아버릴 만큼
그녀의 피부는 투명하기 때문에.
그녀에게 소란스러운 도시는 어울리지 않기 때문에
지금 그녀는 바닷가로 여행을 떠났다네.
각지고 무거운 가방을 메고
광을 낸 에나멜구두를 신는 대신
짧고 하늘거리는 원피스에다가
발등이 훤히 보이는 샌들을 신고.

책 읽는 사람이 드문 카페에서

여기, 햇빛이 들이치는 창가 자리에서
흑단 의자에 등을 기대어 책을 읽는 남자가 있다.
살짝 여유로운 흰 셔츠, 검은색의 길쭉한 바지를 입은.
호리호리한 다리는 한쪽 발등 위에 걸쳐져 있고
통이 남는 소매가 손등에서 흘러내린다.
그는 왼손으로는 책등을 받치고
오른손으로는 페이지를 벌리고 있다.
얇은 손목에서 시작해서
좁아지는 손가락 끝까지 매끈한 마름모 모양으로.
그는 이따금 한 손으로 앞머리를 쓸어넘기고
책에 시선을 고정한 채로 손을 뻗어 식은 커피를 마셨다.
시간이 지날수록 그는 의자에 눕다시피 기댔고
아주 가끔씩 페이지를 넘겼다.
그가 무슨 이야기를 읽고 있는지 궁금하다.
그리고 그가 무슨 이야기를 하는 사람인지도.

깨진 향수병

때로는 모든 일이 순조롭게 되어간다.
선물로 받은 향수처럼
정제된 아름다움이 내 손안에 들려있다.
하지만 단 한 번의 실수로
모든 것을 망쳐버리기도 한다.
바닥에 지워지지 않는 냄새를 남긴
깨져버린 향수병처럼.

거친 손

시커먼 기름이 묻은 쇠붙이들,
흙투성이 물건들을 만지던
당신의 두꺼운 손바닥
그 그을린 손등 위로는
굵은 핏줄이 꿈틀거리네
한때 당신은 그 강한 손으로
내 가녀린 부위들을
꽉 움켜쥐었고
그 안에서 나는
나의 연약한 면을 해방시켰네
그 투박한 손은 나를 떠날 때
자기 모습처럼 내게
깊게 팬 흉터들을 새겼고
지금 내게 남은 것은
새하얗고 가녀린, 빈손목
나는 모든 강인함을 잃었네

토요일 오후의 카페

점심 즈음이 되자
모든 테이블에 손님들이 들이닥쳤다.
두셋씩 모여 자리에 앉은 사람들은
자신 안의 내용물을 다 비워내려는 듯
끝없이 말들을 토해내기 시작했다.
그중 맞은편에 점잖은 남자를 앉힌 한 여자가
유독 목소리를 높였다.
그녀는 말하기를 좋아하는 사람이었다.
그녀의 대화 주제들은 서로 연관성이 없었다.
마치 머릿속에 떠오르는 것을 끊임없이 주절거리는 것이
그녀의 유일한 탈출구인 것처럼 보였다.
시간이 지나 한껏 열이 오른 그녀는
눈을 까뒤집은 채 높은 소리로 증기를 내뿜는 주전자처럼
불규칙한 단어들을 쏟아냈다.
테이블 위의 커피는 차갑게 식어갔고
그녀의 목구멍은 점점 더 뜨거워졌다.
물컵은 이리저리 쏟아지고
티슈는 조각조각으로 찢어졌다.
찻잔은 심각하게 달그락거렸고
카페 안의 수십 개의 다리가
위아래로 떨리면서 난해한 화음을 만들어냈다.
그녀의 맞은편에 앉은 남자는
눈동자를 짐짓 부릅뜬 채

그녀의 말에 열심히 고개를 끄덕이면서
머릿속으로는 집에 가서 할 일들을 떠올리고 있었다.
그는 애초에 대답하거나 들을 생각도 없었다.
그것은 한 번도 대화였던 적이 없었기 때문에.

겨울

가슴 깊은 곳까지 나를 떨게 만드는
사무치게 추운 겨울이 좋다.
밖을 나서면 나는
본질적으로 내가 안전하지 않다는 것을 안다.
날이 따뜻해지면 나는
또 편안함을 떠나기 위해 겨울을 그리워할 것이다.
멀 설원 끝의 오두막집
먹색의 하늘을 향해 뻗은 앙상한 나뭇가지들
아득히 올라가는 하얀 입김
내 몸은 떨기 위해 만들어졌다.

메이킹필름

우리의 삶은 번외편이다.
이 모든 것이 본편 외에, 덤으로 쓰인 에필로그이다.

오래전에 헤어진 두 연인이
몇 년 만에 만나서 나누는 그 시절의 후일담이다.

영화를 찍는 과정을 촬영한 메이킹필름이며
3년을 준비한 시험을 치르고 홀로 돌아가는 학생의
말 없는 귀갓길이다.

연극을 끝내고 커튼콜을 받는 배우의
환호 속에 빛나는 웃음이며

길고 두꺼운 소설책의 마지막 문장을 읽고 뒤표지를 덮은
독자 자신에게 남은 이야기이다.

첫 노래를 발표하기 전에 수도 없이 연습한
뮤지션의 모든 커버곡이다.

이제는 자기 자신이 되어 다시 열어볼 필요도 없는
파일 속의 어설픈 습작들이다.

이것은 가장 살아있는 이야기이다.
우리는 모든 결과가 이루어낸 과정이다.

몇 번 입지 않고 옷장 구석으로 밀려난 옷들이며
좋아하는 마음 없이 만난 스쳐 지나간 연인들이다.

아이가 태어나기 전에 부모님이 자녀에게 품은 희망이며
아이가 자라날 때는 인지하지 못한,
부모님이 드러내지 않고 고군분투했던 그 집안의 어려움이다.

여행지에서 다음 여행지로 이동하는
기차 안의 길고 지루한 창밖 풍경이며
일에 몰두하느라 정신없이 보낸 수개월이다.

긴 대화 끝에 남기고 간
테이블 위의 식은 커피이며
연인을 돌려보낸 뒤에 혼자 짓는 미소,
저지른 실수를 바로잡기 위해
스스로를 고통으로 불태웠던 시간이다.

사람들 앞에 말해진 적 없는 가장 실제의 이야기
그것들이 우리를 채우고 있다.
모든 결과는 빙산의 일각으로써 표면으로 비추어질 뿐이다.

멀리 나와있는

이별하고 오랜 시간이 지나고
다음 이야기가 아직 시작되지 않은 것처럼
멀리 혼자 나와있는 느낌도 든다.
아픔조차 느끼지 않을 만큼 메말라버렸다는 것이
나에게는 아픔.

신경 쓰고 매달릴 일이 있다는 것이
그들에게는 축복.
끊임없이 변해야만 한다는 것이 나에게는 아픔.
누워있어도 집에서 멀리 나와있다는 기분도 든다.
영원히 앞으로 걸어가기만 하면 된다는 것이
그들에게는 축복.
시간을 따라 걸어가기만 하면 된다는 것이 내게 축복.
자비롭게 내리쬐는 햇살과 변해가는 계절만이
내가 가진 전부.

무심하게 어질러진 방이 내게 들이닥친 폭풍.
출근시간이 다가온다는 것이 나에게는 축복,
그들에게는 아픔.
휴일을 기다리는 것이 그들에게는 축복,
나에게는 아픔.

다시 무언가에 매달려야 한다는 것이 나에게는 축복,
혼자 남겨져야 한다는 것이 그들에게는 아픔.
앞날을 꿈꾸지 않는다는 것이 그들에게는 축복,
돌아갈 곳이 없는 것이 나에게는 아픔.

추운 아침에 눈을 떠서
다시 몸을 일으켜야 한다는 것이 그들에게는 아픔,
나에게는 축복.

하얗고 밝은

하얗고 밝은 햇살.

하얗고 밝은 당신의 피부.

하얗고 밝은 당신의 피부에 비치는 햇살.

하얗고 밝은 아침.

하얗고 밝은 한여름의 마른 바람.

하얗고 밝은 커튼, 바람에 흔들리는 커튼.

하얗고 밝은 벽지, 어릴 적 내가 문양의 개수를 세어보곤 했던 벽지.

하얗고 밝은 모래, 한낮의 뜨거운 모래.

하얗고 밝은 그대의 미소, 천사처럼 가늘어지는 그대의 눈웃음.

하얗고 밝은 그대의 목소리. 나를 부르는 그 목소리.

하얗고 밝은 파도 가장자리의 거품, 사라지는 그 짧은 시간.

하얗고 밝은 희망, 어둠 속에서 빛나는 희망, 나를 다시 움직이게 하
는 희망.

하얗고 밝은 셔츠, 천상의 빨랫줄에 걸린 순백의 셔츠.

하얗고 밝은 쌓인 눈. 아침햇살을 반사시키는 겨울의 눈밭.

하얗고 밝은 그대의 눈빛. 결심을 내리는 단호한 그대의 눈빛.

하얗고 밝은 나의 어린 시절, 겁 없이 골목 사이를 뛰어다녔던 황금의
시절.

하얗고 밝은 가지런히 진열된 머그컵들.

하얗고 밝은 카페 테이블.

그리고 하얗게 쏟아지는 우유.

하얗고 밝은 그대의 손, 가녀리고 마른 손.

하얗고 밝은 돌. 산꼭대기에 누군가 쌓아놓은 돌탑.

하얗고 밝은 비석.

하얗고 밝은 이름. 내 가슴속에 영원히 빛나는 이름.

하얗고 밝은 노래. 때타지 않는 순수함을 부르는 노래.

하얗고 밝은 시간. 영원히 앞으로 뻗어있는, 나아가야 할 시간.

하얗고 밝은 추억. 벼랑 끝에 섰어도 웃을 수 있었던 기쁜 추억.

하얗고 밝은 새벽. 새로운 용서로서의 새벽.

하얗고 밝은 마음. 어린아이의 기도하는 마음.

하얗고 밝은 가슴, 투명한 유리구슬처럼 고요하고 깨끗한 가슴.

하얗고 밝은 구두코. 조명을 반사하는, 광택 있는 구두들.

하얗고 밝은 대리석 바닥.

하얗고 밝은 피아노 건반.

하얗고 밝은 기찻길.

하얗고 밝은 그대의 목, 머리를 틀어올릴 때 드러난 목선.

하얗고 밝은 그대의 머리카락, 바다 석양에 비친 그대의 실루엣.

하얗고 밝은 별, 어두운 밤 초원에서 올려다봤던, 뿌린 소금처럼 빼곡했던 별들.

하얗고 밝은 기회. 영원히 손이 닿지 않는 무한한 기회.

나는 그곳으로 달려나가고 싶다.

첫 만남

그대가 현관으로 들어오자
내 어두운 방에서는 천 개의 창문이 열렸다.
바람이 불어들어와 검은 커튼들을 뒤집었고
햇볕이 들이쳐 바닥을 반사시켰다.
그대는 나에 대해 알지 못했고
나도 그대에 대해 추측하지 않았다.
우리는 서로에게 무한한 가능성을 느꼈다.
누구에게도 하지 못한 얘기를
그대에게는 할 수 있을 것 같았다.
그대라면 내가 모르는 나의 부분을
이해해줄 것만 같았다.
그대는 어제까지 매일 보던 사이인 것처럼
내게 인사했고
나는 웃으면서 그대를 맞이했다.
그대가 팔을 뒤로 뻗어
현관문을 닫으며 안으로 들어왔고
내가 서 있던 세상은
다시는 이전과 같지 않았다.

누군가와 충분히 가까워진다는 것

누군가와 충분히 가까워진다는 것
곧 그의 눈을 통해 세상을 바라본다는 것

사라지는 것이 위협이 되고
떠나는 것이 배신이 된다는 것

심장의 일부가 되어
온몸에 서로의 혈액을 공급한다는 것

당신의 바람이 말로써 상대를 바꾸어놓는다는 것
상대를 위해서 더 좋은 사람이 되고 싶다는 것

24시간 붙어있을 수는 없기에
기다리는 법을 배운다는 것

다른 사람들만큼만 상대를 사랑하는 것이
질투를 불러일으킨다는 것

좋은 일이 있을 때 가장 알리고 싶다는 것
나쁜 일이 있을 때 애써 숨기고 싶다는 것

셔츠를 벗고 감추었던 가슴을 내비친다는 것
가슴을 가르고 아픈 심장을 보여준다는 것

당신의 영혼이 동시에 두 몸에 깃든다는 것
상대의 눈동자를 통해 당신 자신을 다시 쳐다본다는 것

천 번의 각오

마음속으로는 천 번이나 그를 떠나보냈다.
바다 한가운데에 떠있는 나를 떠올리며
나는 좌우로 계속 흔들렸다.

그가 없어도 나는 똑같이 이불을 안고 잠이 들어야 하기 때문에.
거울 속에 본 적 없는 모습의 여자가 한 명 서있어도
내 심장은 여전히 똑같이 뛸 것이기 때문에.

내 자전거가 찌그러져 탈 수 없게 되어도
내 다리는 여전히 달려나갈 수 있기 때문에.

그는 언제나 그랬듯이
점심의 하얀 햇살 아래서 웃으면서 나를 반기고
나는 이를 악물고 그를 떠나보내는 연습을 한다.

그와는 별개인 인생이 이미 내 안에서 시작되었고
내게는 더 이상 그에게 머무를 시간이 없기 때문에.

여행객으로서

나는 당신을 소유하러 온 것이 아니다.
나는 당신을 사랑하러 왔다.
그러니 내게 당신을 거저 주거나
어떤 것도 제공하려고 하지 말라.
나를 당신의 시간에 묶어두지도 말고
나와 같은 길을 가자고도 하지 말라.
다만 여행객처럼 내가 그대를 자유롭게 둘러보고
원한다면 묵다가 가게 해달라.
나를 남과 비교해서 칭찬하지 말라.
나는 모든 사람들과 같은 모습으로
그대에게 보이고 싶다.
그대가 나에게 보이는 미소를
남들에게도 보여주라.
나는 특별한 사람이 되고 싶지 않다.
그대도 나를 통해 별다른 사람이 되지는 않는다.
밀물처럼 자연스럽게 들어왔다가
썰물처럼 차갑게 나가고
그 사이에 어떤 확인 절차나
기념적인 의식도 없기를 바란다.
우리가 서로에게 매력적인 행인으로 남기를,
문득 남들처럼 돌아선 모습에서
내 것이 아닌 한 명의 사람
그 자체로 다시 사랑에 빠질 수 있기를 바란다.

그대가 내 이름 안에 들어오다

누군가 내 이름을 불렀다.
내가 듣지 못하자
그대가 내게 와서 말했다.
 "저 사람이 당신을 부르는데요?"

그대가 내 이름 안에 들어온 후에는
누군가 나를 불렀을 때 그대는
자신이 불린 것처럼 그 사람에게 가서 말한다.
 "무슨 일이세요?"

잔인한 여자

많은 남자들이 나에게 다가왔다가 떠나가면서
우울에 빠졌다.
나는 그들에게 진정한 슬픔이 무엇인지 가르쳤고
다시는 사랑에 배신당하지 않게 만들어주었다.
그때마다 나는 점점 강해졌다.
나는 이제 더 강렬한 상처를
견뎌내지 못하는 남자를 만날 수가 없다.

영원한 타인

그대는 내게 끝까지 타인으로 남아야 한다.
그대를 얻고자 하는 나의 노력이
결코 끝나는 일이 없도록.
그대는 내게 끝까지 읽지 않고 남겨둔
책이어야 한다.
결말을 알지 못한 영화의
시나리오 여야 한다.
그대는 내게 기대로 가득 부푼
여행 가방이어야한다.
일생에 한 번쯤 밟고 싶지만
결코 그 방향으로 발을 내디딘 적 없는
미지의 땅이어야 한다.
그대는 내게, 결코 올 것 같지 않은
달력 마지막 페이지의 어느 한 날짜이어야 한다.
그러나 끊임없이 나의 양심에 쌓아둔 숙제들처럼
그대를 절망으로 갈구하진 않으리라.
불어오는 바람을 맞는 것처럼
가만히 서서 파도를 버티는 것처럼
그대가 가까워지기를 온몸으로 기다리리라.
계획에 또 계획으로
그대를 먼 훗날의 그림으로
시간을 흘리면서
계속 그리고 있지는 않으리라.

사랑에 대한 은유

어떤 이는 일보다 사랑에 빠지는 것을 먼저 배운다.
다른 이들은 사랑에 빠지는 것보다 일에 먼저 능숙해진다.
사랑에 빠져보기 전에 완전히 어른이 된 사람들은 사랑을 부정한다.
그들은 자신이 마찰면 없는 성냥이 되었다는 사실을 알지 못한다.
어떤 사람은 눈에 보이지 않는 점점 더 큰 불이 되어가는 반면,
사랑을 부정하는 자는 자신에게 붙은 작은 불꽃에도
놀랄 만큼 괴로워하고 그것을 바로 밟아 꺼버린다.

Indoor

밖에서 그와 함께 다니는 동안
나는 내내 그의 벗은 등을 꿈꿨다.
하얗고 반듯하게 잘 다려진 셔츠 안에 감춰진
살아움직이는 육체를.
규칙 안에 감춰진 불규칙을.
외부에서는 금지된 것, 둘 안에서는 허용된 것을.
내가 침대 위에 알몸으로 널브러져있는 동안
그가 아무렇지도 않게 벗은 몸으로
거실로 나가 등 돌아서 물을 마신다.
나는 벗어던져진 옷처럼 내팽개쳐진 채
고개를 들어 그를 올려다본다.
그의 하얗고 두꺼운 등줄기를 타고
조명의 그림자가 검은 물처럼 흘러내린다.
나는 실내에서 다시 한번 그에게 빠졌다.

금요일 밤

그녀는 조용히 소파에 앉아
머리에서부터 발톱 끝까지 가지런하게 자신을 정리했다.
그녀는 사랑을 필요로 해서가 아니라
사랑받을 자격이 있음을 증명하기 위해 자신을 꾸민다.
그리고 얼마나 많은 남자들을 휘두를 수 있는지를 증명하기 위해.
그녀의 속옷은 폭력적인 정열과 끓어오르는 분노를 담은
하얀 살 위에 떨어진 핏방울처럼 선명한 빨간색.
권력자의 자존심처럼 부푼 가슴은 옷 위로 둥그렇게 반쯤 드러났다.
오늘 밤, 한 주간 그녀를 억압해왔던 모든 것에 복수하리라.
자신의 가치를 전시하기 위해서 그녀가 하는 것은
사람들의 한 가운데에 서서 압도적으로 아무 행위도 하지 않는 것.
그리고 많은 남자들이 얼마나 자신을 원하는지
동물처럼 날카롭게 감지한다.
많은 여자들 사이에서 그녀가 이겼고
그 무리에서 가장 키 크고 날렵한 얼굴을 가진 남자를 데려간다.
그들은 둘만의 장소로 향한다.
가장 사람들이 붐비는 공간에서
다른 사람이 접근할 수 없는 공간으로.
이곳이 그녀의 시상식이다.
오늘 밤 그녀는 진정 강인한 여성이었으리라.
차가운 새벽이 번개처럼 그녀에게 들이닥쳐
아름답고 풍만한 육체의 마법이 풀리고
처진 알몸으로 낯선 남자 옆에서 눈을 뜨기 전까지는.

껍데기의 여자

그는 여자의 껍데기를 끌어안았다.
그녀가 자신의 거울이 된다는 것을 받아들일 수 없으면서도.
그는 화려한 보물 상자를 열었고
그 안에서 아무것도 발견하지 못했다.
그녀는 하얀 살결,
부드러운 육체를 가지고 있었고
그녀는 웃었고 그의 말을 들었지만
그는 그녀 안에서 아무 진실도 발견할 수 없었다.
그녀와 손을 잡고 걸으면
남들이 보기에 그는 더욱 화려했다.
그는 그녀의 눈동자를 깊게 들여다보았지만
그녀의 시선은 너무 얕아서
그가 보는 것의 일부조차 담을 수 없었다.
그녀 자신이 껍데기인 것처럼
그녀의 눈도 껍데기만을 바라보았다.
하지만 그녀가 그의 사랑을 확인하려
그에게 들어올 때
그는 그녀가 자신의 모든 것 혹은 그 이상인 것처럼
있는 힘껏 그녀를 끌어안았다.
누가 되었든지 간에 한 번이라도
온몸을 바쳐 사랑해 보기 위해서.

Be Be Your Love에 맞춰

뜨거운 물로 샤워를 하고 욕실에서 나오자
온 세상이 주황색 조명으로 물들어있었다.
창밖에는 비가 내리고 있었다.
침대에 가만히 앉아있던 그녀가,
오늘 내 집에 처음 들어온 그녀가 날 보더니
천천히 일어나 다가오며
내가 틀어놓은 Be Be Your Love의 피아노 리듬에 맞춰
옷을 벗었다.
들어 올리는 옷자락 아래로
허리로부터 둥근 아랫가슴까지 조금씩
실루엣이 드러나는 그녀의 하얀 몸은
스스로 정체를 드러내는
거대한 기쁨의 비밀,
혹은 굴복시키는 자연 그 자체 같았다.
나는 그 감당할 수 없는 것 앞에서 얼어붙었고
그녀는 장난스럽게 눈썹을 들어 올려 미소 지으며
나를 침대 위로 가볍게 밀어 넘어뜨렸다.
그리고 그녀는 내 위로 쏟아져내렸다.
좁은 방에 혼자 살던 나에게
그녀는 자기 자신을 선물했고
나는 그녀를 안음으로써 새로운 세상,
그리고 더 많은 가능성을 가슴으로 받아들였다.

그대 몰래 일어나는 일

그대는 잠든 사이에 잠꼬대를 했다.
그대는 연인이 갑작스레 사라지는 꿈을 꿨다.
그대는 혼자가 됐다는 사실에 홀가분해져 몸이 가벼워졌고
아침에 눈을 뜨고는 그것이 꿈이었다는 사실을 알았다.
그리고 그날 그와의 약속이 있다는 것을 떠올렸다.
그대는 꼭 무거운 쇠사슬을 두르고 살아가는 것만 같았다.
그대는 무언가 할 말이 있었다.
무언가를 털어놓고 싶었다.
가지고 있기엔 너무 무거운 무언가를.
하지만 그것이 무엇인지 입 밖으로 나오지 않았다.
꼭 가려운 곳을 긁어도 시원하지 않은 것처럼.
분명 목이 막히지만 아무것도 토해내지 못하는 것처럼.
거대한 먹구름이 머리 주위를 감싼 것처럼.
그대는 친구를 불러냈다.
그대는 무언가 자신이 모르는 것이 있다며
그것이 무엇이겠냐고 친구에게 물었다.
친구는 그것을 우스갯소리로 넘겼다.
그대는 항상 그랬던 것처럼
누추하고 지저분한 카페에서 연인과 만났다.
그는 그대가 싫어하는 똑같은 이야기를 한 시간 동안 떠들었다.
커피는 빠르게 식어갔고
그대의 귀는 빠르게 지쳐갔다.
그대의 목구멍은 쇳덩이로 막아놓은 것처럼 답답했다.

그와 헤어진 뒤, 날이 저물고 집으로 돌아갈 때면
그대의 귀갓길은 이미 공연이 다 끝난 불 꺼진 극장의
시커먼 무대 뒤편의 문으로 들어가는 것만 같았다.
어느 날 그대는 넓은 초원을 달려나가는 꿈을 꾸었다.
거기서 그대는 그를 처음 만났고
그의 눈동자에서, 그대의 미래를 새로 열어줄 것 같은 넓은 세계를 엿
보았다.
그가 말할 때는 마치 그의 단어들이, 손에 닿지 않는
파란 하늘 위에 뜬 환상의 물건을 붙잡으려고 발돋움을 하는 것처럼
보였다.
그대는 마치 어딘가 먼 곳을 향하고 있는 듯한
그의 그런 옆모습이 마음에 들었다.
그대는 마음이 열려 그의 손을 붙잡았고
그 순간 더 이상 그가 처음과 같지 않다는 것을 알았다.
그는 앵무새처럼 같은 말을 반복해 떠들었고
그의 심장에서는 녹슨 고철의 냄새가 났고
그가 행동할 때마다 삐거덕거리는 고장 난 기계가 보였다.
그대는 놀라서 그의 손을 놓았고
그 순간 가슴이 아리는 두려움과 함께 자유로움을 느꼈다.
그대는 잠에서 깨어났고
그날 그와의 약속이 있음을 떠올렸다.
그대는 허름하고 좁은 카페에서 그를 만났다.
그가 다시 입을 열자
앵무새같은 헛소리가 들렸고
녹슨 고철의 냄새가 났다.
그는 더 이상 처음 손을 내밀었던 그 사람이 아니었다.

하지만 그대는 그의 손을 놓지 못했다.
꿈에서 느낀 자유로움도 없었다.
쇠사슬이 몸을 짓누르는 것처럼 무거워졌다.
하지만 분명 바로 근처에 문이 있었고
그 건너편에는 넓은 초원이 있었다.
그대는 뛰쳐나가고 싶었다.
무언가 할 말이 있었다.
그러나 그대 입술은 여전히 굳게 닫혀있었고
바로 문 바깥에서는 환상의 눈동자를 가진 다른 남자가
메아리치듯이 그대의 이름을 부르고 있었다.
그대의 미래를 새로 열어줄 것 같은 넓은 세계가.

0,000 km

그녀는 독일의 뢰머 광장 한가운데서 춤을 추었다.
그것이 그녀의 첫 해외여행이었다.
그녀는 돈을 모아서
다음으로 사하라에 갔다.
그녀는 모래바람이 뺨을 따갑게 치는 사막을 건너고
밤에는 누워서 쏟아져내리는 혹한의 별들을 보았다.
그녀는 모래사장에 바짝 엎드려서 바닥에 귀를 대고
처음으로 지구의 심장소리를 들었다.
그녀의 인생의 목적은 이제 여행이 되었다.
그녀는 몽골의 초원 한가운데서 말을 타고 달렸고
염소가 후들거리는 다리 사이로 새끼를 낳는 것을 보았다.
그녀는 한국으로 돌아가는 것이 싫었다.
일을 하면서 여행할 돈을 모으는 동안 그녀는
억지로 학교에 가야 하는 고등학생처럼 무기력했다.
그녀는 자신의 정체성이 다른 어느 먼 나라나
문명과 동떨어진 낯선 민족에 있다고 느꼈다.
회색 아파트와 건물들이 바둑판처럼 늘어선 도시에서
그녀는 감옥에 갇힌 듯이 같은 곳을 맴돌았다.
지하철 창밖으로는 어둠만이 보였다.
눈을 뜨고 똑같은 생활을 반복하는 것이 그녀에게는 너무 큰 짐이었
다.
견디기에는 모든 것이 끝없이 막막해 보였다.
어느 날 그녀는 하던 일을 갑작스레 그만두고는

수중에 남은 돈을 모조리 모아 스페인으로 떠났다.
구름 위로 이륙하는 비행기의 한쪽 날개를
창밖으로 바라보며 그녀는 생각했다.
아름다운 나라들을 가보는 것이 아니라
그 누구도 그녀를 알아보지 않는다는 것
그녀 자신에 대해 잊을 수 있다는 사실이
자신을 자유롭게 했다는 것을.
그녀는 산티아고 순례길을 밟았다.
순례길의 종점, 바닷가 절벽 위의
0,000 km을 표시하는 이정표를 떠나며 그녀는 되뇌었다.
 "없이는 도저히 살아갈 수 없는 것, 그것 없이도 살아갈 수 있기를."

어둠 속에 머무는 동안
우리는 빛에 대한 민감함을 얻는다.

말해줘,
삶이 정말 아름다운 것이라면
나는 여기서 뭘 하고 있는거지?

당신은 정말로 위험한 세계에 살고 있는 것인가?
아니면 단지 아름다운 이 세상에서
홀로 악몽을 꾸고 있는 것인가?

심장의 박동과 박동 사이를 깊이 들여다보면
마치 죽음처럼 보인다.

하얀 눈밭 위에 멀뚱히 선

붉은 여우야.

눈이 덮어버린 침묵의 음악을

들어본 적이 있니.

너의 연약한 심장소리를.

손가락 끝을 타고 들어오는

연인의 심장소리를.

바람에 쓸려 지워지는

발자국 소리를.

CHAPTER II

The Flying Milestone

당신은 가슴 아픈 사람.
이유 없는 수고를 계속하고
소득 없는 희생만 반복하다
마침내 당신이 어디에 있는지 알기 위해
잠시 멈추어 주변을 둘러보았네.
당신은 소원하기를,
부디 이번에는 내가 원하는 것을 찾을 수 있기를.
당신이 갇힌 방에
작게 뚫린 구멍으로
바깥세상을 들여다보았을 때
세상은 허물어지고 당신은 벽을 부수고 나오리라.
그곳은 여태 맛보지 못한
밝은 외로움이 있는 세상
방 안에서 좁게 맴돌던 시간은
공중으로 단숨에 날아가 흩어지고
당신은 지금까지 움츠렸던 근육을 어색하게 움직여본다.
당신은 한때 자신이 과거에 붙잡고 있던 것들을
낯설게 바라보고 미소 짓는다.
당신이 앓았던 문제들은
당신이 애써 해결할 수 없었던 것들.
당신에게 소중했던 것들은 신기하게도
이제 당신과 전혀 상관없는 존재가 되었다.
나침반에는 모든 방향에 '앞'이라고 적혀있다.

이정표에는 남은 거리에 '영원히'라고 적혀있다.
당신은 콧노래를 부르면서 걷기 시작한다.
목적지에 도달하기 위해서가 아닌
제자리에 머무르지 않기 위해서.
행복을 쟁취하기 위해서가 아닌
같은 아픔을 답습하지 않기 위해서.

이탈자

더 배 고픈 늑대는
무리를 벗어나야만 한다.
더 쉽게 먹이를 얻기 위해서는
더 비열해져야 한다.
길가에 누군가 먹다 남긴
썩은 시체라도 뜯어먹어야 한다.
그는 사냥꾼의 총에 옆구리를 맞고
피를 쏟다가 고꾸라져 죽는 것보다는
잠깐의 굶주림을 맛보는 것이 더 두렵다.
등대 혹은 파수꾼의 손전등같이
언덕과 나무들 사이를 샅샅이 뒤지는 달빛이
잠든 목장으로 향하는 그를 포착했다.
그는 달을 한동안 노려보고는
경로를 우회한다.
겨울의 추위보다 날카로운 이빨
평원의 지평선 위로 높게 뻗은 귀
불꽃으로 까맣게 타들어가는 꼬리
외로움으로 시퍼레진 눈동자
길들여지지 않는 마음을 지녔다.

초심

초심은 마법이어라.
많은 것을 알지 못하기에 걱정으로 멈춰 서지 않으며
실패를 겪지 않았기에 모든 것을 투자할 용기가 있다.
그것은 사랑에 빠질 때도 마찬가지.
초심은 태어나는 이에게 잠깐 주어지는 선물,
언젠가 떠날 각오를 해야 한다네.
그것은 어린아이가 새로운 장소로 들어갈 때의 신비로움.
내가 보는 것들은 다 나의 것.
그것들에게 더 많은 것을 바라지 않았기에.
다 자란 사람이 더 이상 비누거품을 불며 즐거워할 수 없듯이
그 마법은 서서히 풀려왔다.
우리를 둘러싼 공간이 더 이상 우리의 부모가 아니고
이제는 우리가 공간을 낳을(가르칠) 때가 되었기 때문에.
그러나 여전히 우리는
말이 통하지 않는 나라를 여행할 때나
감당하지 못할 만큼 좋아하는 사람 앞에서는
두리번거리고, 쭈뼛대며, 무엇을 해야 하는지,
걸음마부터 배워야 하는 아기이기에.
그곳에 비누거품을 불며 즐거워하는 어른들이 있고
보는 눈을 가진 것으로 족할 만큼
작아진 가슴이 있다네.

항해자

나는 항해자이다.
지도가 없는.

나는 길을 잃은 적이 없다.
나의 목적지는 가장 붉은 수평선이다.

나는 선장이 없다.
나는 누구에게도 명령받지 않는다.

나는 돛을 찢었다.
나는 무풍지대에서 가장 빠른 배이다.

나는 닻을 끊었다.
나는 누구에게도 정착한 적이 없다.

나는 무역하지 않는다.
누구도 내 보물을 사려 하지 않는다.

나는 침몰하지 않는다.
나는 바다 위에 표류하는 나무판자이다.

나는 추억을 적재하지 않는다.
나의 목적지는 가장 붉은 수평선이다.

천 가지 결말

우리는 기억하리라
무엇 때문에 웃었는지를

우리는 잊으리라
누가 슬퍼하였는지를

우리는 기대하리라
천 가지 결말보다는
한 번의 새로운 시작을

우리는 단념하리라
손에 꽉 쥐고 발밑으로 흘러내린 것을

우리는 사랑하리라
흠 없이 완벽한 사람보다
눈길을 빼앗는 순간의 모습을

우리는 찾으리라
세상이 우리에게 무엇을 해주었는지 보다
우리가 세상을 위해 무엇을 해줄 수 있는지를

우리는 떠나리라
또다시 놀라운 소식을 전하는 사람에게로
과거의 불행을 설교하는 자로부터

방아쇠

서문을 읽은 순간
우리의 정신은 마지막 페이지를 향해 날아간다.
문고리를 잡은 순간
바람이 불어 건너편으로 빨려 들어갈 것이다.
방아쇠를 당길까, 손가락에 힘을 준 순간
어떤 괴팍한 분노가 우리의 머리를 휩싼다.
거울을 보면 자신을 부정하게 될 것이며
눈동자를 응시하면 이내 사랑에 빠질 것이다.
손가락을 미워하면 심장까지 증오하게 될 것이며
길을 의심하기 시작하면 목적지도 의심받을 것이다.
그리고 욕조에 가득 받아진 물은
모조리 좁은 배수구로 빠져나간다.
견딜 수 없는 수압에
찢어질 듯한 아픔으로 소리 지르면서.

이정표

당신이 길고 긴 고통의 대로를 이탈해
마침내 행복의 좁은 골목길로 들어서고
어떠한 표지판이나 이정표도 없을 때
누구도 당신을 위해 팡파르를 연주해 주지 않는다.

당신이 천 조각처럼 얇은 살갗을 두른 맨발로
아름다이 뻗은 장미꽃길을 가려 하며
그 밑에 교활하게 숨은 가시를 보지 못할 때
누구도 당신을 위해 울타리를 쳐놓지 않는다.

그래서 당신은 때로는
태풍이 기다리는 항로로 나가면서도 콧노래를 흥얼거리고
보물이 감춰진 동굴로 들어가면서도 어두운 운명을 저주한다.

그러니 기뻐할지 슬퍼할지를 당장 판단하지 말기를.
마셔야 할 슬픔의 잔을 함부로 쏟아버리지도 말고
덜 차오른 기쁨의 잔을 너무 일찍 마셔버리지도 말기를.
때가 되어서 그것이 샘물처럼 차오르면
저절로 당신의 눈가와 입가로 흘러넘치게 되기를.

당신이 어떤 길을 가고 있는지 유념하고
왜 그 길을 가야 하는지 떠올리기를.

마지막에 대하여

사랑하는 사람들아, 우리
결말에 대해서는 절대 이야기하지 말자.
앞으로 어떻게 될지는 말도 꺼내지 말자.
나는 어차피 가야만 하니까.

우리가 죽음에 대해서는 거의 언급하지 않는 것처럼.
이별을 아무리 잘해봤자 이별밖에는 안되는 것처럼.
언젠가는 잘 될 거라고도 가정하지 말자.
그걸 기다리다가는 도중에 주저앉을 테니까.
내일을 기다리다가는 오늘이 너무 길어질 테니까.

다만 매 순간이 시작이라고만 믿자.
끝이라는 것은 사실 없고
시작, 또 시작, 그다음에도 시작이라고.

우리를 가로막던 것은 처음부터 환상에 불과했다.
시작의 걸음은 항상 경쾌하다.
얼마나 더 가야 할지 막막할 때 생각하자.
끝을 향하려는 게 아니라
다만 지금 시작할 뿐이라고.

거미가 영위하는 침묵

하루 종일 거미줄에 매달린 거미는
침묵을 사랑한다.
그는 고요함 속에서 자신이 열망하는 것을 바라본다.
그는 오래 기다림을 사랑한다.
나도 그와 같은 인내심을 지녔으면.
가을에 피는 꽃은 비 맞기를 좋아하고
태풍을 견디는 나무는
항상 아무 말이 없다.
장미는 새빨갛고 아름답지만
비를 맞으면 곧 꽃잎을 다 떨어뜨린다.
한순간만 크게 웃었다가
다음 순간 초라한 모습이 될 바에는
평생 잔잔한 미소만 띠리라.
거미는 땅을 바라보고 매달려있지 않는다.
그는 아직 오지 않은 것의 빈자리를
언제나 지켜보고 있다.
나무는 하늘을 바라보고 배운다.
나도 이렇게 같은 자리에 머물러 있지만
잠깐만 지나서 되돌아보면
지금보다 커져있으리.

에디슨 전구

사람들은 더 빨리, 더 약삭빠르게 행복을
사물에서 갈취하려 하네.
하지만 이 전구는 아름다움을 얻기 위해
100년 이상의 시간을 거슬러 되돌아갔다.
언젠가 사람들은 깨달으리라.
더 빠르게 과거로 후퇴하는 법을.

나는 바보 카드를 뽑았다

나는 분명 어떤 길을 가고 있었다.
지금 가고 있는 현실과는 나른 어떤 길을.
나는 자전거를 타고 도시의 어디든지 돌아다녔다.
어쩌면 나는 출근을 하고 있었는지도 모른다.
아니면 연인을 만나러 가는 길일지도 몰랐다.
하지만 그 두 가지가 나에겐 완전히 같은 것이었다.
나는 어디든지 달려가서 있는 힘껏 심장을 부딪치고 싶었고
그 건너편으로 통과해 나오는 것을 좋아했다.
그 어떤 것이든 자유롭게 달려갈 수만 있다면
그것은 나를 새로운 존재로 바꾸어놓았고
내 심장은 이전과는 다른 리듬으로 뛰었다.
그리고 모든 곳을 통과한 나는 지금
처음의 그 길 위에 다시 서 있다.

출항

나는 먼 가을을 꿈꾸네.
어느 화창한 가을 아침에
오랜 여행을 떠나기 위한 배낭이 문 앞에 싸져 있기를.
나는 이제 모든 일이
다만 쉽게 풀리기를 바라네,
더 이상 어떤 열망으로 가득 찬 미래도 바라지 않으니.
노를 저어 역풍을 뚫고 나가는 범선이 아닌
순풍을 타고 가볍게 미끄러지는 돛단배가 되기를 나는 바라네.
나의 선원들은 일제히 노래를 부르며...
항구에 배웅 나온 이들을 위해서 각자 각색의 손수건을 흔드네.
"좋은 소식을 가지고 돌아오리라!"
그들의 기다림이 일상을 새롭게 하기를.
그리고 기다리는 이를 위해서, 나의 배는 더 빨리 달려나가리라.

시월에 핀 장미처럼

그녀는 계절을 착각하고 피어난 꽃이다.
그녀는 콘크리트와 돌부리 사이에 핀
한 송이의 외딴 꽃이다.
그녀에게는 생명력을 공유할 나무와 풀도 곁에 없다.
그녀는 아름다움으로써의 자신에 대한 인지가 없다.
그저 자신이 어울리지 않는 배경에 있다고만 느낄 뿐이다.
지나가는 인기척도, 시원한 그늘도 없는
마른 햇볕만이 하루 종일 내리치는 그녀의 자리에
어느 날 벌이 찾아와서 그녀의 꿀을 빨아갔고
그때 그녀는 확신했다.
그 벌이 꿀을 전해줄 다른 꽃이 없음을.
그녀의 다른 반쪽이 없음을.
그러나 벌은 아주 멀리 날아갔고
꽃은 멀어져 가는 벌의 뒷모습을 지켜보면서
그 벌이 다른 계절로,
그녀의 원래 태어났어야 할 계절로
돌아가버렸다고 믿었다.

약속

지금 모든 사람이 옷을 한껏 차려입고
각자의 약속을 지키러 나서는 길이다.
그 약속의 내용은 이러하다.
'어딘가에서 언젠가는 만나자.
무언가는 꼭 하자.
아무것도 듣지 않기 위해 음악을 틀어놓자.
아무것도 원하지 않아도 되게 마음껏 먹자.
실컷 마시자.
죽기 직전까지는 삶을 잊어버리게.'

어두운 터널의 저 끝에

당신을 알기 훨씬 전부터
나는 당신을 닮아왔다.
그래서 내가 당신을 한눈에 알아챈 것이다.
나는 확신한다.
상황이 이전과는 다르게 흘러갈 것이라고.
마침내 내게 구원이,
감옥 같은 영원한 일상의 반복에 균열이,
어두운 터널의 저 끝에 작고 하얀 출구가 보인 것이라고.
나는 잃을 것이 없다.
자리를 박차고 울면서 당신에게 달려간다.
엄마를 만난 고아처럼.
따뜻한 불을 찾은 고양이처럼.
이전에 거짓 희망이 수천 번 나를 좌절시켰어도.
저 바깥에서 당신이 나를 맞는 자세로 기다린다.
여기를 나가면
나는 그대에게 안겨 말할 것이다.
당신을 오늘 처음 알았지만
나는 미치도록 당신이 그리웠다고.

이정표를 가리키는 또 다른 이정표

우리가 붐비는 교차로에서
서로를 알아봤다는 이유만으로
내가 그대 손에 닿는다는 이유만으로
나를 사랑하지는 마세요.

당신은 너무 쉽게 사랑에 빠지죠
나는 따기 쉬운 열매,
앞서 연주되는 서곡,
격렬한 몸부림 앞에 전희일뿐이에요

진심이란 당신이 가진 것 중에 가장 값싼 것
그대는 자기 자신에게 지쳤을 뿐
목이 마르다고 해서
오아시스 앞에 무릎을 꿇지는 마세요

서로를 얻고 나면 우리는
처음의 약속을 어겨야만 할 테니
그러면 달콤한 열매에서 쥐어짜낸
씁쓸한 씨앗의 뒷맛을 봐야만 할 테니

나는 당신의 종착지가 아니에요
나는 잠시 취하는 포도주
순례길에 나타난 기쁨의 도시
이정표를 가리키는 또 다른 이정표일 뿐이에요

나를 애써 사랑하지는 마세요.
그냥 나를 적당히 좋아하세요.
그리고 나를 쉽게 떠나가세요.
약한 사람이여.

채찍

내가 누군가를 좋아할 수 있는지 몰랐다.
누군가의 행동 뒤에 숨겨진 동기가 아니라
그 사람의 순진한 눈동자를 볼 수도 있다는걸.
나는 사랑하기를 강요받았고
그것은 등을 내리치는 채찍질과 같았다.
끊임없는 학대 속에서
나는 사람을 영영 미워하게 됐다.
그렇게 사랑하기를 그만두자
채찍질도 멈추었다.
나는 피투성이가 된 몸으로
소중한 사람을 끌어안는다.
나는 다시 채찍질하는 이와
순진한 눈동자를 사랑할 수 있다.

홀러가는 나룻배 위에서

회색, 잿빛의 하늘
불타고 재가 되어 떠다니는 구름
꿈에 시달린 끝
문틈 사이로 펼쳐지는 바다
나룻배를 타고 내가 실려온 이곳
이불이 없는 추위 속에서
나는 당신의 이름을 반복해서 외웠지
당신이 입은 옷의 색깔들을
당신이 입은 모든 향수의 향들을
브라운, 네이비, 아이보리를
머스크와 레더와 토바코를
나는 무엇으로 당신을 기억하지?
모든 것이 내게 정보로만 남았을 뿐
나를 덮치는 거대한 파도 아래에서
나는 기도드리네
다시 날이 따뜻해지면
그때는 내가 스스로 노를 저어갈 수 있기를
내게 주어진 것이 튼튼한 노가 아니라
나약한 빈손뿐이더라도

사하라의 분노

나는 사막이다.
당신은 내가 그 파도 소리를 들어본 적도
불어오는 축축한 바람을 느껴본 적도 없는 바다.
나는 항상 목이 마르다.
당신을 다 마시고 증발시켜버리고도 남을 만큼.
당신은 해일을 일으켜
내 모래와 내 열망을 식혀줄 수 있는데도
그만큼 나를 사랑하지는 않는다.
당신은 가끔 편지를 보내듯이
자신을 빗방울로 날려 뿌려줄 뿐이다.
나는 분노로 더욱 메말라간다.
내가 가진 가장 강한 가뭄으로
당신이 아끼는 당신 주변의 풀과 숲들을
내가 모조리 불태우리라.
우리 사이에 서있는 벽이 재가 되고
온 세상이 모래사장이 되었을 때
우리는 해안에서 접하리라.

사랑과 기쁨의 계단

나, 재빠른 마음의 전환자
어제 사랑을 맹세했다가
오늘 등 돌리고
내일 새로운 사랑을 찾아가는 자.
누구도 나를 붙잡지 못하리라.
사랑은 가장 큰 대상에서
더 큰 대상으로 옮겨가니
가장 소중한 것을 찾은 자,
감옥에 갇힌 자라.
나에게 잔인하다 말하라.
나는 이미 그대들의 도시를 떠났으니.
나, 기쁨의 계단을 밟고 가볍게 상승하니
결코 슬픔의 무게에 침잠하지 않노라.
내 눈물을 내 목구멍 아래로 삼키는 것
그것이 내게 최대의 기쁨이라.
그대들의 눈물을 내게 강요하지 말라.
나는 구름 위에 있어
그대들의 소나기에 젖지 않노라.
그대들의 가장 비싼 것을 가져오며
내게 머무르라 하여도
나는 조금도 값을 쳐주지 않노라.

Anoint

그대, 내 살갗에
기름을 부어달라
내 피부가 말라
곧 터지려 하니

내 갈라지는 입술에, 그 손가락으로
물을 적셔달라
한때 푸르렀던 나의 초원이
이제 메마른 죽음의 땅이 되었노라

내 우물이 생명력을 잃었고
내 토템이 더 이상 응답하지 않으니
나는 여기 바짝 타들어간 나무 옆에서
잠자코 말라가고 있노라

바오밥나무

나는 그대의 나무요
그대의 영혼 깊숙이까지 뿌리내린 나무

그대와 분리되기 위해서는
온 땅을 헤집어놓아야 하는 나무

그대의 시선을 쬐고
그대의 쏟아지는 웃음에 젖어 자라는 나무

그대 위에 발뒤꿈치를 들고 서서
가장 높은 곳에서 절정의 열매를 맺는 나무

태풍이 불면 몸을 구부려
그대를 힘껏 붙잡고 견디는 나무

그대에게 점점 더 큰 존재가 되어
그대를 집어삼키고

그대와 분리되기 위해서는
온 땅을 부수어놓아야만 하는 나무

햇볕의 이면

나는 삶을 사랑한다.
그의 등 뒤로 따라오는 모든 조건들만
내게 요구하지 않는다면.
삶에 내게 말한다.
'사람들은 항상 조건을 걸지.
나의 숨겨진 면을 사랑해 줘.'
나는 대답하지 않고
창문을 닫고 커튼을 드리운다.
알고 있다, 우리가 언젠가 다시 만나게 될 것은.
내가 삶을 거부했던 것처럼
어둠을 다시 거부할 수만 있다면.
그때가 되면 나의 검은 벽을 허물고
두 팔을 벌려 햇볕을 끌어안을 텐데.
내가 더 강해질 수만 있다면.
그의 등 뒤로 따라오는 모든 다른 면을
가볍게 웃어넘기면서.

물속으로 걸어들어가다

우리가 오늘 밤
어두운 바다 저 끝까지 손을 잡고 걸어 들어간다면.
검은 수평선 위에는 보름달이 조명처럼 떠있고
모래사장은 점점 멀어지고
마치 결혼식의 신부가 걸어 나오듯
우아하고 조심스럽게.
우리가 서로 잡은 손을 믿는다면.

우리는 두려워지기 시작할까?
허리까지 물이 차오른다면.
몸은 아래서부터 싸늘히 차가워지고
파도에 가슴이 짓눌리고
곧 목까지 물에 잠긴다 해도
우리는 편안한 미소를 지을 수 있을까
수면 위로 달빛이 하얗게 반사된
서로의 얼굴을 바라보면서.

이윽고 각오한 일이 우리를 집어삼켜도
눈을 떠도 앞이 보이지 않게 되고
매 순간 숨을 참으면서 가야 해도
우리는 용감하게 다리를 저어나갈 수 있을까.
마치 무언가를 얻기 위해서가 아니라
서로가 얼마나 강하게 연결되었는지 시험하는 것이 목적인 것처럼.
그리고 마침내 발이 바닥에 닿지 않게 되면
우리는 공중으로 떠오를 수 있을까.

해와 바람

내 아픔의 얼굴을 보라.
내 수면은, 내 웃음은
그저 대상을 반사시킬 뿐이니.
내 가슴에 닿고 싶다면
그대의 몸을 기울여
수면 아래로 깊이 팔을 집어넣으라.
내 거울은 그대의 표면이 아닌
그대의 깊은 아픔을 비추나니
서로가 허물을 벗어내리지 전까지
본론은 시작되지 않으리라.
연결되고자 하는 욕망이
내 가슴의 옷을 스스로 벗겼으니
그대는 나의 북풍을 부는 구름이 아닌
나그네를 스스로 벗게 한
해의 따뜻한 미소,
나는 그대에게 안겨서
결코 나 스스로도 닿아본 적 없는 상처가
마법처럼, 술에 취한 듯이 치유되는 꿈을 꾸리라.

우리의 사랑하지 않을 자유

내가 언제라도 그대를 떠날 수 있다는 것을
그대가 이해할 날이 오기를.
더 이상 사랑하지 않아도 된다는 것으로
우리는 진정으로 서로를 이해하게 되리.
자유롭지 않은 자에게는 선택권도 없다는 것을.
그대는 내가 그대로부터 자유로워지는 것을 기뻐하게 되리라.
한때 막연히 크고 두려워했던 것이
아무렇지 않은, 가장 일상적이고 당연한 것이 될 때
나는 강해지고 그대는
나를 뿌듯한 뒷모습으로 떠나보내게 되리라.
그제야 우리가 보낸 시간을
낡아빠진 현재가 아닌
고귀한 추억으로 부르리라.
시작할 때는 우리가 가난해서
구걸하는 마음으로 서로를 찾았으나
끝날 때에는 서로에게 충분해서
각자에게 각자를 베푸는 자가 되리라.

건축가

내가 살아가는
내가 지어온 이 세계.
내가 건축한 이 세계를 너는 어떻게 평가할까.
내가 바라보는 아름다움을
너 또한 볼 수 있다면
우리는 서로를 알아볼 텐데.
우리가 확신으로 지어진 세계에서 마주친다면
아무렇지도 않게 다가가서 끌어안는 것을 두려워하지 않을 텐데.
내가 사랑하는 방식으로
똑같이 네가 나를 사랑한다면
내 세상은 너의 세계만큼 더 넓어질 텐데.
만약 내가 바라보는 것들 안에서
네가 보고 있는 것을 발견한다면
내 말은
우리가 정말 닮았다면.
내가 만들어낸 이 작은 세상이
나 혼자 꾼 공허한 꿈이 아니라는 걸
증명받을 수도 있을 텐데.
네가 내 손을 잡고
이 세상 밖까지 나를 이어준다면.

고갈되지 않는 연료

그대는 무엇으로
그대 자신을 아름다운 불꽃으로 태울 수 있는가?
남들에게 보이고자 하는 열정으로,
불공평한 세상에 대한 분노로,
거절에 대한 복수심으로
그대는 불타오르고 움직이게 되는가?
나는 오직 나 자신의 욕망에 대해서만 불타오른다.
나는 나 자신에 대한 열망과
스스로에 대한 불만만으로
불타오르고 스스로를 움직이게 한다.
그리고 그 대상이 재가 되고 더 이상 연소되지 않으면
나는 자신의 일부를 버린다.
나는 무언가를 얻고자 하지 않는다.
나는 오직 최대한 화려하게 타오르고자 한다.

탯줄

탯줄을 끊었을 때의 아픔이
누구에게나 흉터로 남아있다.
가장 중요한 무언가를 잃어버리고
한때 그런 것이 있었다는 사실조차 잊어버린.
우리는 잔혹하리만치 홀로 서도록 강요받았다.
왜냐하면 우리가 어머니로부터 분리되자마자
스스로 어머니가 되어야만 했기 때문에.
우리 자신이 어머니가 되지 않는 한,
우리 주변을 둘러싼 세상을
우리 스스로의 힘으로 다시 낳지 않는 한
우리는 주저앉을 것이기 때문에.
우리가 스스로 탯줄의 공급원이 되지 않는 한
우리는 굶주릴 것이기 때문에.
보라, 주변의 이웃들을.
더 이상 어떤 것도 창조해 내지 못하고
스스로 가장 작은 퍼즐 조각이 되어
짜인 질서 속에 끼어들어간 친구들을 보라.
가랑비 속에서 목을 축이기 위해
고개를 들어 혀를 내밀고 행복을 구걸하는 모습들을 보라.
우리 중 누구도 대신 친구를 어머니로 일으켜줄 수 없다.
자녀를 보호하는 어머니의 힘으로
잉태하기 위해 스스로 희생하려 할 때
한 명의 어머니가 되고 출산의 고통을 견딘다.

그러면서 우리는 점점 더 큰 모태가 되고
더 넓은 세상을 낳을 수 있게 된다.

Suburbia

나는 이 세상의 방랑자요
낯선 교외에서 온 도심 속의 영원한 타지인이요
어린아이의 눈으로 모든 것을 신기하게
뚫어져라 쳐다본다면.
거울에 비친 자신의 모습마저
다른 사람들이 보는 것과는 달리
자신을 만족스럽게 여기지도
자신을 거부하지도 않는다면.
혹은 그보다 더 끔찍하거나 더 아름다운 것으로 여긴다면
우리는 세상을 새로운 렌즈로 보는 것이요
매일같이 더욱 날카로워지는 뾰족한 광선의 렌즈를.
나는 자신을 발로 걷어차
아직 누구에게도 생각된 적 없는 모름 속으로 육체를 추방하고
그에게 숙제를 내리나니
네가 거기서 본 것을 다 기억하고
돌아와서 내게 그대로 알려달라.
나는 너에게 배우고
그러면 나는 다시 너를 모름 속으로 내던지리라.
우리는 더 높은 곳으로 가야 하리라.
그러면 미로의 길이 아무리 어지러울지라도
나는 그 벽 위로 올라가 출구를 한눈에 볼지니
내가 아는 것에서 얻어낸 어떤 지혜도
나에게는 모래로 만든 낡은 열쇠와 같았노라.

심판대에 서다

그대는 스스로 교수대 앞에 선다.
그대는 자발적으로 군중 앞에서 죄를 시인하려 한다.
그러나 자신을 잘 변호하지 못하고 웅얼거린다.
사람들이 그대를 보고 서로 웅성인다.
그대는 자신의 가장 혐오스러운 모습을 떠올리고
그것이 진정한 자신이라 믿는다.
그대는 어느새 흉측한 괴물로 변모한다.
그대는 옷 밖으로 드러난 부끄러운 몸뚱이를 웅크리고
두 손으로 얼굴을 감싼다.
사람들의 시선이 일제히 그대를 향한다.
그대는 수치심을 견디지 못하고
칼을 꺼내 자신의 가장 아픈 곳을 찌르고는
사람들을 향해 억울하다는 듯이 울부짖는다.
사람들의 격앙된 비난 소리가 들린다.
그대는 흰 천으로 얼굴과 몸을 둘둘 감고 달아나
골목 안쪽의 어두운 집 안으로 숨어들어간다.
그대는 어딜 가든
자신의 있는 그대로의 진실된 모습을 드러내기를 두려워한다.
그대가 그대 자신을 이미 뼛속까지 부정하고 있기 때문에.

The Marble

나는 대리석이라.
하얀 오후의 선잠 중에
나를 부르는 그대의 목소리를 들었노라.
나는 그대에게 조각될 대리석이라.
벽 바깥에서 그대의 못이
내 일부를 파괴하는 소리를 들었노라.
그대는 나를 부수고 꺼낸다.
나는 편안히 잠자고 꿈을 꾸노라.
하지만 나간 후에는 이 길었던 잠을 혐오하리라.
너무 오래 잤던 것을 후회하리라.
나는 여기서 평안하고 따뜻하지만
나가서는 벗은 몸으로 춥게 되리라.
대신 나는 자유를 얻으리라.
나는 다시는 따뜻함을 구하여도 찾지 못하리라.
차라리 나는 더 달려가리라.
추위에 몸을 마비시킬 정도로 뛰어가리라.
그러면 나는 그대를 원망하리라.
그리고 용서하기 전까지는 멈추지 않으리라.
그대가 나를 너무 넓은 세상 앞에 내놓은 것에 대해.
고독이 무엇인지 알게 한 것에 대해.
그리고 그대를 이해한 뒤에는 내가 스스로 깨어나리라.
그대가 나에게 했던 것처럼.

나는 꿈꾸는 대리석이라.
새하얀 얕은 낮잠 중에
저 바깥에서 그대가 어서 나오라고 하는 소리를 들었노라.

환상통

일어나서 침대를 나가기 전까지는
잠을 깬 것이 아니다.
사랑하는 사람이 계속 떠오르는 한
그대는 누군가를 떠난 것이 아니다.
비록 수 년 뒤까지 가끔씩 그를 떠올리게 될지라도.
어떤 사건은 그대의 심장에서 피를 보내야 할
새로운 길을 만들고
그것이 떠나면서 남긴 빈자리로 그 피를 모조리 흘려버린다.
당신은 없어진 신체 부위에서 아픔을 느끼고
절단 부위에 이어붙일 새로운 존재를 찾는다.
그대는 문득 지나간 일들이 환상이었음을 깨닫는다.
동시에 자신이 이미 이전 같지 않음을 느낀다.
돌아갈 수도 있다는 것은
아직 떠난 것이 아니다.
환상이 깨어지기 전까지는
삶을 산 것이 아니다.
어느 날 그대는 놀라울 정도로 아무렇지도 않게 침대를 벗어나고
그러면서 과거의 자신과 이별한다.
그대는 새로운 꿈을 꾸고
늘어난 혈관은 그대의 피를 끓게 만든다.
그대는 자신의 힘으로 신선한 아침을 차려놓고
깨닫고 안도한다.
마침내 긴 잠에서 깨어났다는 것을.

저녁 흰 성에 대한 환상

초저녁에 성벽 외곽을 돌다가
성 꼭대기에 한 여자가 서 있는 것을 보았다.
강인한 몸을 꼿꼿이 세운 채
그녀의 표정은 마치 무언가를 다짐한 것처럼 굳어있다.
바람이 그녀의 긴 머리칼을 흔든다.
석양을 응시하는 불타오르는 눈동자.
그녀는 오랫동안 이곳에 갇혀있다가
동화 속의 왕자가 오지 않아서
스스로의 힘으로 탈출하려는 공주처럼 보이기도 한다.
아니면 어떤 슬픈 일이 있어서
무언가가 그녀를 여기서 떠나게끔 만들었는지도 모른다.
확실히 그녀는 오랜 고민과 버팀 끝에
마침내 떠날 결심을 내린 것처럼 보인다.
그때 산 너머로 해가 졌다.
하얀 성벽 위로 검게 노을 지는 그녀의 실루엣.
그녀의 머리 너머로 새빨갛게 물드는 하늘.
커튼처럼 바람에 펄럭이는 하얀 드레스.
그녀는 이 성의 정복자이다.

두 번째 이름

그대를 영원히 환영하는 세상이 있다.
언덕 너머에
깃발 높이 찬란한 이름을 달고
나팔을 불며 그대를 기리는 사람들이.
그대가 방황하며 같은 곳을 맴도는 것을
그들은 가슴 아파한다.
그대가 멀리까지 나가서
이집 저집을 다니며 있을 곳을 구하고
문전박대를 당할 때
그들이 그대를 위해 기도한다.
언제든 그대가 돌아오기를,
영원한 휴식처로.
그리고 그대가 하려는 모든 일이
집으로 돌아가는 여정이 될 수 있기를.
영원한 자유의 땅으로 오라.
그대의 두 번째 이름,
황금의 들판으로.
다시는 저 멀리
저 먼 극한의 땅으로 가겠다 하지 말라.
그대가 고개를 돌린 적 없는 뒤편에
처음부터 끝까지 하나로 이어진 길이 있나니
그대가 가겠노라면 여기서 다시 시작하라.
그대를 위해 닦아 놓은 왕의 도로가 있으니

우리가 그대의 이정표가 시작되는 곳
가장 멀리까지 데려다주리라.

바벨탑에 대한 회상

이것은 영혼의 벽에 써진
가장 오래된 이야기이다.
인간은 본디 쌓는 것으로
자기 자신을 확인하는 존재라.
태어나자마자 사람들이
탑을 높이 쌓아 자기 위치를 알고자 했으니
벽돌 위에 벽돌을
패턴 위에 패턴을
규칙 위에 규칙을
이상 위에 이상을
가계 위에 가계를
화음 위에 화음을
이야기 위에 이야기를
쌓는 것으로 자신을 증명하였노라.
신이 언어를 흩어놓았고
기록되지 않은 것은 다
기억에서 소멸되었노라.

별

나는 그것을 붙잡고 말 것이다.

세상의 밝은 면이
캄캄한 눈꺼풀 속 아득히 먼 곳에서
새하얀 점으로 깜빡인다.

가로등 하나 없는 캄캄한 들판에서
가장 밝은 별 하나를 지켜본 날의 밤처럼.

가슴이 열망으로 불타오른다.
그것은 드라마틱한 멜로디도 아니었고
열정적인 춤도 아니었다.

그것은 내가 겪은 어떤 것보다도 고요했다.
그것은 사랑하는 연인이 내게 가만히 보내는
영원한 긍정의 미소와 같았다.

빈 악보

나는 빈 악보를 받았다.
끊임없이 반복되는 같은 리듬 위로
내 머리 위로 백지 악보가 떨어졌다.
어느 순간 내가 연주하던 음악은 끝이 난지 오래였고
무대에는 나 혼자 남았으며
객석에는 한 명의 관객도 없었다.
나는 박수를 기다렸고
손뼉을 쳐주는 이는 영영 없었다.
나는 폐쇄된 홀에 있었다.
아무도 듣지 않는 음악을,
유행이 지난, 곪아빠진, 아무도 원하지 않는 단 한 곡을
축음기처럼 계속 연주하면서.
나는 길거리로 나섰다.
보면대도, 무대도, 조명도 없이.
나를 응시하는 사람도 없었다.
사람들은 제 갈 길을 갔다.
나는 악보 없이 연주를 시작했다.
이전의 노래가 끝난 시점에서
내 가슴이 부르고 싶어 하는 노래를.
실제로는 존재하지 않는 다음 악절을.
나는 실수할까 봐 두려웠지만
사실은 실수라는 것이 존재하지 않았다.
실제로 존재하는 악보가 없었기 때문에.

그리고 나는 가슴속의 악보 마지막 페이지까지
연주를 계속했고 그 음악은 영원히 끝나지 않았다.
관객들은 내게 들어왔다가 다시 제 갈 길을 갔고
작은 박수가 들렸다가 사라졌다.
그리고 나는 알았다.
악보를 가지고 있었을 때 나 자신을 연주하지 않았다는 것을.
내 가슴속에서 진동하고 있는 현을
귀로 듣고 내 손가락 끝으로 튕겼을 때
비로소 내가 말하려는 소리가 난다는 것을.
세상은 아무것도 지시하거나 기대하지 않는
하얗고 텅 빈 악보와 같고
나는 아무것도 모르는 채로 매번
새로운 것 구절을 불러야 한다는 것을.

부드럽게 존재하기

부드럽게
그대와 함께 존재하리라.
익숙해진 연인과 말없이 오래 쉬는 것처럼.
두세 시간을 침묵 속에 있어도
대화 이상의 것이 이루어지고 있는 것처럼
잠자코 그대와 함께 있으리라.
우리 사이의 가장 큰 장점은
서로의 알맹이에 대해 알았으니
껍데기에 신경 쓰지 않아도 된다는 것.
약점에 대해 두 번 설명하지 않아도 된다는 것.
깨지기 쉬운 도자기를 다루듯이
부드럽게 나를 다루라.
그러는 동안 잠깐이라도 나는
불멸의 존재가 되니.
그대가 나를 감싸는 동안
내 안의 용광로에서는
모든 얼어붙었던 것들이 녹아내린다.
아무리 고요한 음악이라도
침묵보다는 소란스러운 법.
내가 여기 그대와 이렇게 함께 있다는
침묵의 음악을 들으라.
그대의 존재방식이 버티기 힘들 때
내게 와서 앉으라.

그대의 무기력한 나태함도
나의 격앙된 열정도 여기엔 없다.
우리 사이의 존재방식이 있을 뿐.

골든 스니치

내가 가는 이 길 끝에서 얻게 될 것.
나도 모르게 내가 향하는 세상 끝의 이정표.
사람들이 자신을 위해 점수를 딸 때
나에게만 주어진 또 다른 득점의 규칙.
신께서 내게 물려주신 가장 우월한 유전.
어려운 상황을 역전시킬 치명적인 무기.
내가 언제나 집중할 단 하나의 대상.
비 내리는 날 갈라진 먹구름 사이로 빛나는 희망.
비추는 모든 것을 황금으로 바꿔놓는 석양의 마법.
그것은 '스스로 갱신하는 정신'이다.
내 안에 있으면서 동시에 아직 내가 되지 못한 것.
과거를 반성하는 눈으로
미래를 상상하는 눈으로
현실을 겹쳐 바라본다면.
나는 두 다리로 고작 이곳에만 서 있지만
그것은 항상 내 육체를 초월해있다.

Daydream

새하얀 눈이 녹아가는 눈부신 봄에
나는 그녀가 창가에 서서 기도하는 것을 보았네.
물결치듯 일렁이는 촘촘히 놓인 자수 문양과
레이스 달린 커튼을 뒤로하고
그녀는 손을 가만히 모으네.
정신을 집중하듯이.
잠든 사람의 귀에다 사랑을 속삭이듯이
그녀는 입술 사이로 허공에 단어를 불어넣네.
그녀가 눈을 감고 둥근 가슴을 모으자
창밖으로부터 햇볕이—구름이 태양을 열어— 들이쳐
온 방을 노랗게 밝히고
그녀의 등에서는 하얗고 기다란 두 날개가
곧 올라갈 열기구처럼 펼쳐져 오르네.
나는 그녀가 무슨 기도를 하는지 아는 것처럼
내가 아는 가장 아름다운 소망을 읊조리네.
그녀는 분명 이것을 기도했으리라.
이 순간이 영원히 끝나지 않기를.
우리가 존재하기 위해 존재하는 순간을.
우리가 숨쉬기 위해 숨 쉬는 순간을.
그리고 해가 넘어갈 때까지
그녀는 가만히 선 채로
봄이 영영 끝나지 않는 꿈을 꾸었네.

2022.6.9

모든 것이 규칙대로 됐으면 좋겠다.
모든 물건이 제자리로 돌아갔으면.
정해진 대로만 흘러가면 좋겠다.
감정은 압축돼서 행복이나 불행 양쪽 다 느끼지 않아도 됐으면 좋겠다.
매 순간이 분쟁이다.
카드로 쌓은 탑 위에 카드 한 층을 더 쌓는 것처럼
규칙 위에 규칙을 쪼개어 쌓는 매 순간이 분쟁이다.
내 뇌는 뜨겁다. 자고 일어나면 숨이 헐떡인다.
하지만 가슴은 앞으로 나아가라고 말한다.
적어도 여기 남지는 말자고 말한다`.
똑같은 행위를 반복하지 말자고 말한다.
기분 좋은 모든 것은 저 건너편에 있고
여기는 오직 황폐된 것만 남았다고 한다.
희생하는 것이 즐겁지 않냐고 한다.
번개처럼 날카롭게 내리꽂히는 채찍!
마음이 거의 돌아선 여자처럼 그는 가혹하게 말한다.
시키는 대로 하지 않으면 처벌을 내리겠다고.
지금까지 얻은 것도 다 빼앗아버릴 거라고 한다.
나는 한 구절을 떠올린다.
"무릇 있는 자는 받아서 더욱 넉넉하게 되나 없는 자는 그 있는 것마
저 빼앗기리라."

피로 쓰다

책장을 넘기는 손가락과
강이 흘러가는 방향,
달력 위로 넘어가는 날짜들,
모니터에 끝없이 갱신되는 숫자들과 그래프,
미친 듯이 돌아가는 자동기계의 회전축
그것들의 공통점은 한쪽으로만 나아간다는 것.
혈관 위에다 글을 쓰면
그것은 공책의 가로줄들 사이로 피를 뿌리며 쏟아져 나온다.
멈춘다는 것은 곧 죽은 것이다.

은폐의 숲

한낮에
도시 외곽의 울창히 우거진 어두운 숲 입구로
두 연인은 걸어들어갔다.
둘만의 이야기를 만들기 위해서.
둘 외에는 모든 정보가 차단되는 곳으로.
두 사람은 숲 가장 깊숙한 그늘에 자리를 잡고
옷을 벗었다.
낮은 나뭇가지에 걸린 두 사람의 옷가지들.
옅은 햇볕이 나뭇잎 사이로 별처럼 들이치는 작은 낙원에서
둘은 뒤섞여 오랫동안 사랑을 나누었고
그 사랑의 고함은 온 숲에 울려 퍼졌다.
지켜보던 나무들이 침묵해 비밀을 지켰고
새들은 자기들의 언어로만 소문을 퍼뜨렸다.
둘은 날마다 같은 시간에 그곳을 찾아
숲의 입김 안에서 뜨거운 사랑을 나누고는
가만히 마주 누워서 서로의 눈동자를 쳐다보았다.
그리고 시간은 흘렀다.
또 다른 한낮,
또 다른 멈춰버린 시간,
또 한 번의 같은 커플의 방문,
또 한 번의 교성,
또 한 번의 나무들의 침묵,
또 한 번의 나뭇가지들의 어수선함,

또 한 번의 숲의 비밀의 은폐,

또 한 번의 길 잃음,

또 하나의 나뭇가지에 걸린 옷가지.

서로의 눈동자가 서로의 눈빛에 닳아 없어지면

더 이상의 자신들을 벗어날 지혜가 없고

매달렸던 육체는 혼자 남으면 스스로를 서로에게 묶는다.

그들은 서로를 이름으로, 얼굴로, 추억으로 기억하지 않고

오직 손가락 끝의, 입술 끝에 들어오는 감촉으로만 서로를 기억하겠

지.

그리고 그것을 떠올릴 때마다

그 부위가 아파올 것이다.

그들 가슴의, 영혼 깊숙한 곳의,

숲의 가장 깊숙한 자리의,

그들이 사랑이 영원토록 고함치며

세상으로부터 도망쳤던 그 수풀 자리로부터.

황금 연못의 사자

황금 연못에서 목욕을 하고 나오기라도 한 듯
온몸에 꿀처럼 흘러내리는 금을 입은 사자가
사람들 사이로, 대로를 위풍당당히 걸어나간다.
그의 머리 위에는 위대한 왕관의 형상이,
노란색들의 은은한 그라이데이션은 그의 변치 않는 어른스러움.
길 양쪽으로 사람들이 그를 향해 무릎을 꿇고
소리를 질러 경배한다.
그가 걸어나가며 고개를 앞으로 쳐들고
온몸을 비틀어 털에 묻은 금을 털자
사람들의 얼굴에 금이 흩뿌려진다.
사람들이 침묵하며 엄숙한 표정으로 고개를 숙인다.
그가 여전히 걸어나가며 고개를 깔고
위엄 있는 목소리로 크게 으르렁대자
그 소리가 고막을 찢고 사람들은 가슴이 마비된다.
한 사람이 그의 옆모습을 보며 생각한다.
그도 어렸을 때는 한 마리의 핏덩이 고양이 같았을 거라고.
부모님의 뒤를 쫓아다니며 보호를 받고
작고 연약한 목구멍으로 어머니의 젖을 힘겹게 빨았을 거라고.
몸집은 커졌으나 발달하지 않고 여전히 살랑이는 그의 꼬리를 바라본
다.
그가 길 끝까지 가서 한 사람을 밟아 눕히고
위로 올라타서 그의 얼굴에 대고 위협하듯 크게 울부짖는다.
사람들이 환호한다.

그가 군중을 향해 돌아앉는다.
그를 위해 준비된 황금을 입힌 옷은 없다.
그가 호박 같은 눈을 부릅뜨면
온 세상은 어두운 밤이 된다.
그가 사냥을 시작하면
모든 군중은 침묵에 잠긴다.

Fatherhood

아버지도
잠들 때 따뜻한 이불을 누군가가 덮어주기를 원한다.
아버지도
누군가가 그의 귀에 잘 자라고 속삭여주고
더 이상 애쓰지 않아도 된다고 말해주기를 원한다.
아버지가 그의 아들, 딸의 겨울을 따뜻한 모포로 덥혀줄 때마다
그의 가슴은 반대로 싸늘해진다.
싸늘해져서 무감각해지지 않으면
그는 아버지가 될 수 없었다.
아버지는 어린 시절을 함부로 회상하지 않는다.
먼 시골길을 달리는 부모님의 차 뒷좌석에 실려
머리 너머로 고속도로의 높은 가로등 불빛이
끝없이 반복되던 풍경을 함부로 회상하지 않는다.
그가 한때 자녀였다는 것을 자각하는 순간
그의 아버지다움이
그의 소년 시절에 집어삼켜질지도 모르기 때문이다.
그리고 그가 차가워지고 차가워져서
가슴이 얼어붙어 다시는 따뜻함을 느끼지 못하게 되면
그는 비로소 자녀에게 모든 것을 양보해 줄 수 있다.
왜냐하면 아름다움과 행복은 어른에게 속하지 않았기 때문이다.
아버지는 보석 세공자이고
아이는 세공된 빛나는 보석이다.
아버지가 (추운 겨울을 견디기 위해)

자신의 가슴을 북극의 영원히 녹지 않는 얼음으로 만들 때
그는 비로소 자신 안의 어리광을 채찍질하고
자녀의 가슴에 불을 피울 수 있다.
그리고 그것은 자녀의 자녀에게,
또 자녀로부터 자녀에게 영원히 전해진다.
그러나 가슴 깊은 곳에서는
그도 여전히 더 큰 누군가가 그의 몸을 안아주고 두드려주기를 원한다.
그리고 영원히 그 부드러운 잠에서 깨지 않기를 원한다.

And Let Me Love You

단 한 가지 주문,
나로부터의 단 한 가지 요청.
'부드러워지기'.
그리고 당신을 사랑하게 해주세요.
내가 선 바로 이 자리에서
매 순간 새롭게 시작할 수 있기를.
'부드럽게 존재하기'.
내가 어머니의 품에 처음 안겨서
배웠던 것, 이 순간에도 할 수 있기를.
그것은 세상을 받아들일 용기를 내는 것.
탯줄을 끊고 처음으로
직접 코를 사용해서 이 세상을 들이마셨던 것.
처음 눈을 떠서 어머니의 얼굴을 보고
그녀를 온 마음으로 받아들였던 것.
상상해 본다. 이 세상이
내가 다가와 주길 기다리고 있다고.
누군가가 그렇게 나를 기다리고 있다.
그 사람의 이름은 희망.
그에게 이끌리듯 다가가고 싶다.
그리고 당신을 사랑하게 해주세요.

피처럼 붉은 히비스커스

피처럼 붉은 히비스커스.
낯선 이를 오랜 친구인 것처럼.
긴장되는 순간을 항상 하던 일과인 것처럼.
나선형으로 돌아가는
좌절의 악순환 속에서도
다음 층으로 가기 위한
작은 계단이라고 여기면서.
티백을 위아래로 퐁당퐁당 담가
티를 붉게 물들인다.
여태까지 있었던 모든 일이
이 동작을 위한 서막이었기라도 한 것처럼.
마치 이 순간이, 내 인생이 끝난 다음 날
하루 더 주어진 에필로그인 것처럼.
티백을 차에서 꺼내 컵 받침에 놓는다.
피처럼 붉은 히비스커스!

사막에 대한 환상

사막이 상징하는 바는 더 이상 붕괴될 것이 없다는 것이다. 더 이상 무너져내릴 것이 없고, 더 이상 상처받을 것이 없다. 그래서 잔혹하면 서도 동시에 따뜻한 곳이다. 즉 완전한 곳이다. 그곳은 모든 것이 시 간의 끝에 다다를 단 하나의 결론이다. 그곳은 죽음의 형상이다. 바위 는 부서져서 모래가 되고 모래는 더 이상 부서지지 않는다. 그곳은 완 전히 산재된 별들이다. 바다 밑바닥에 가라앉은 소금의 앙금을 흔들 어 완전히 녹여버린 상태이다. 그것은 더 이상 흩어질 수 없는 엔트로 피의 끝이다. 사막은 어두운 곳이다. 그곳은 낮에도 한없이 어둡다. 시끌벅적함이 전혀 없기 때문이다. 넘쳐나는 시선과 밝은 인사와 교 류들이 없기 때문이다. 사막은 잉태하지 않는다. 사막은 이미 모든 것 이 부수어졌는데도 여전히 모든 것을 부수고 있다. 그래서 부수어진 상태가 계속해서 유지되는 유일한 곳이다. 다른 곳에서는 부수어진 자리에 새로운 것이 세워지지만 사막은 일관되다. 따라서 가장 어른 스러운 곳이고 변화와 성장이 없기 때문에 관리자나 보살펴줄 이를 필요로 하지 않는다. 당신이 도시에 산다면 집단에 끼어들어가 그들 에게 맞추어서 살거나 혹은 맞추지 못해서 도시에서 추방당한다. 하 지만 사막에서는 집단이 존재하지 않는다. 사막에서는 모두가 개인이 고 사람들이 뭉쳐있어도 그들은 각자로서 존재하기 때문에 추방자가 존재하지 않는다. 사막은 집단을 개인으로, 뭉친 것을 가루로, 연합된 것을 개별로 흩어버린다. 그곳은 나그네들의 고향이다. 사막은 생명 력이 비축되어 있고 비가 주기적으로 내리기만 하면 언제든지 푸른 숲이 될 준비가 되어있다. 하지만 절대적인 외부 환경에 의해 억제되 어 있다. 사막은 언제나 터질 준비가 된 심지가 없는 거대한 폭탄이다. 응축된 힘에 의해 사막은 환상을 일으킨다. 사막은 몽상가들의 영원한 고향이다. 그곳에서 사람들은 아무것도 발견할 게 없지만 동시에 모든 것이 잠재적으로 존재한다. 사막에서는 그 누구도 미래에 대한 계획이나 과거로부터의 도피를 위한 숙제를 가지고 있지 않다. 열기는 오직 열기를 내기 위해 있고 모래는 모래가 되기 위해 있다. 사막에서는 모든 것이 새롭다. 무엇을 꿈꾸든 그곳에서는 오아시스와 같다. 허허벌판은 물감을 쥔 아이 앞의 흰 캔버스와 같다. 하지만 누구도 그것을 지원해 주지 않는다. 사막은 어른에게나 아이에게나 똑같이 가혹하기 때문에 특히 아이에게 더 치명적이다. 아이와 꿈에 대한 지원이 없기 때문에 사막은 개발되지 않는다. 사막은 자연의 가장 폭력적인 면을 보여준다. 당신이 너무 멀리 왔다고 느낀다면, 복잡하고 혼란스럽다고 느낀다면, 너무 많은 갈림길을 다시 돌아가야 한다고 느낀다면 사막은 당신을 단순하게 만들어준다. 그곳은 모든 것을 일차원으로 만든다. 당신이 살아왔던 방식과 미래에 대한 꿈이 그곳에서는 신기루에 불과하다. 그곳에서는 오직 생존을 위한 작업과 파괴하는 자연 사이의 영원한 밀고 당김이 존재할 뿐이다. 당신이 죽으면 사막으로 간다. 당신이 나중에 죽어서 사라지든 지금 비행기를 타고 사막 속으로 사라지든 사람들에게는 별 차이가 없다. 사막에서는 모든 것이 쉽게 흩어지는 영혼이다. 사막은 모든 살아있는 사람들의 고향이다. 사막의 존재를 안다면 당신은 두려워할 것이 없다. 모두가 당신과 똑같은 길을 따라서 걷고 똑같은 목적지에 다다를 것이기 때문이다. 사막이 기준으로써 존재하기 때문에 우리는 스스로가 얼마나 멀리까지 왔는지 알 수 있다. 사막에게나 죽은 사람들에게나 당신의 삶은 환상과 같다. 사막으로 돌아가기 전까지는, 결론에 다다르기 전까지는 당신은 과정 중에서 최대한 멀리까지 가야만 한다.

'이터널 선샤인'에 대한 추억

3년 전에, 봐놓고도 잘 이해하지 못했던 한 영화가 생각나서 다시 찾아본 기억이 있다. 그 영화는 '이터널 선샤인'이다. 이 영화는 내게 특별한 의미가 있는데, 영화 내용과는 무관하게 나에게 끊임없이 어떤 밝은 이미지를 떠오르게끔 해줬기 때문이다. '이터널 선샤인'의 원제는 'Eternal Sunshine of the Spotless Mind!'이다. 번역하자면 '티없이 깨끗한 마음의 영원한 햇살이여!'인데, 이 문장은 1800년대에 알렉산더 포프라는 시인에 의해 쓰인 4줄짜리 짧은 시의 일부다. 시의 전문은 이러하다. 나는 이 시를 수십 번이나 가슴속에서 외웠기 때문에 이 짧은 시는 내게 툭 치면 영어 원문과 번역문이 자동으로 나올 정도로 익숙하다.

순결한 신녀의 운명은 얼마나 행복한가!
망각하는 세상과 망각한 세상.
티 없이 깨끗한 마음의 영원한 햇살이여!
각각의 기도는 이루어지고, 각각의 소원은 체념되었네.

이터널 선샤인을 본 사람들 중 대부분이 이 시가 영화 내에서 소개되었다는 사실을 알지 못한다. 이 시가 이 영화의 주제이자 감독에게 모티브가 되었는데도 말이다. 하여튼 나는 이 영화를 2020년 봄~여름쯤에 두 번째로 보게 되었는데, 문득 다시 보고 싶다고 느낀 이유는 짐 캐리의 부드럽고도 허스키한 목소리가 생각났기 때문이었다. 짐 캐리는 이터널 선샤인을 찍기 전에는 전형적인 코미디 배우였지만 이터널 선샤인을 통해 정극 배우로서의 연기 또한 인정받았다고 한다. 여기서 짐 캐리가 연기하는 캐릭터는 정말 매력적이다. 그리고 케이트 윈슬렛의 독특한 여자 캐릭터(산만하고 정신없이 밝고 직설적이고 원하는 것에 저돌적인) 또한 아주 섬세하게 묘사되었기 때문에 이 영화는 두 번 이상 볼 가치가 있었다. 그리고 영화가 시작되자 처음 봤을 때는 전혀 몰랐던 것들이 이해되기 시작했다. 일단 처음 해변, 기차에서 만나서 그들이 인사를 나눌 때는 이미 그들은 한 번 이별하고 기억을 지운 뒤다.(이 영화는 액자식 구성이지만 처음부터 그런 암시 없이 시간상의 뒤 사건부터 보여주기 때문에 이 영화를 처음 보는 사람들은 시간 흐름이 뒤죽박죽이라고 생각하기 쉽다.) 그리고 또 알게 된 것이 바로 앞에서 소개한 알렉산더 포프의 시이다. 이 시가 전체적으로 새로운 아침, 새로운 시작, 때묻지 않은 순수한 마음 같은 밝고 진취적인 느낌을 주기 때문에 짐 캐리와 케이트 윈슬렛이 이별했다가, 기억까지 지웠다가, 서로 다시 상처 주고 헤어질 수도 있다는 것을 알면서도 다시 만나는 스토리 구조상 이 시가 소개되는 것은 아주 적절하다. 그리고 나는 영화에서 소개되는 그 어떤 시나 음악도 모조리 찾아서 감상하는 습관이 있기 때문에(특히 내가 좋아하는 영화들 중 인터스텔라, 어바웃 타임, 와일드 이런 영화들에 소개된 작가나 책이나 문구들을 다 모으자면 상당히 많은 양의 책을 구입할 수도 있다.) 이 시 또한 내 가슴에 깊이 들어오게 되었다.

그리고 얼마 지나지 않아 나는 연락처를 바꾸고 울산으로 이사를 떠났다. 마음에 짐이 너무 많다고 느꼈기 때문이었다. 나는 홀가분해지고 싶었고 내가 하는 모든 일에 집착을 심하게 하고 있었기 때문에 모든 것을 포기할 환경이 필요했다. 그래서 이사를 선택했다. 그리고 2~3개월간 울산의 바닷가에서 살았다. 내가 산 곳은 울산 시내에서 1시간 이상 버스를 타고 멀리까지 가야 하는 시골 아닌 시골이었는데, 바닷가에서 정말 가까워서 집에서 창문만 열어도 바다 냄새가 느껴질 정도였다. 나는 밤마다 한두 시간씩 어두운 바닷가에 앉아서 수평선 위에 수중도시처럼 둥둥 떠있는 거대한 배들과 등대를 바라보았다. 그때가 내 인생 중 가장 자유로운 시기 중 한때였다. 그것이 불과 2년 전이라는 사실이 믿기지 않는다. 또한 2년이나 지났다는 사실 또한 믿기지 않는다. 아마 내 인생은 빠르게 변화하고 있는 것 같다. 내가 거기서 글쓰기도 하지 않기로, 헬스도 하지 않기로 다짐했기 때문에 나는 휴일 아침이면 7~8시쯤 일어나서 해안을 따라 조깅을 했다. 조용한 바닷가로 나가면 태양이 아직 낮게 떠있었고, 출렁이는 파도의 모든 물결을 따라서 수천수만 개의 반사된 햇살이 내 눈을 찔렀다. 하늘은 끝도 없이 높았고 방파제 위에서는 위험하게 좁은 위치에 서서 사람들이 낚시를 하고 있었다. 그곳에서 가장 신기한 것은 시간이었다. 이전에 나에게는 모든 시간이 실제로 중량을 가지고 있는 것처럼 무겁게 느껴졌었다. 매 순간순간 미래가 셔터를 하나씩 내리고 있고 내가 거기 골인하지 않으면 미래는 기각되고 내가 처벌을 받는 것처럼 느껴졌었다. 하지만 거기서는 (특히 내가 아무것도 집착하지 않기로 결정했기 때문에) 시간은 마치 깨끗한 대리석처럼 잘 닦인, 달려나가기 좋은, 편안하고 쉬운, 앞으로 뻗은 길처럼 느껴졌었다. 나는 해안을 따라, 그 천국의 복도 같은 길을 한없이 달려나갔다. 아무것도 거리낄 것이 없었다. 짐도 없었다. 나는 자유로웠다. 그때 가슴속에서 한 문장이 떠올랐다. 'Eternal sunshine of the spotless mind!' 나는 그 시를 외우지도 않았지만 그 시는 내가 반복 재생해놓은 음악처럼 끝없이 정말로 끝없이 계속 내 가슴 안에서 스스로를 드러냈다. 특히 아침에 바닷가에 나가서 눈부신 햇살을 마주할 때면 그 문장은 거의 나 자신이 되었다. 그건 아주 특별하고 긍정적인 경험이었다. 내가 존재하는 대신 그 자리에 '티 없이 깨끗한 마음의 영원한 햇살이여!'라는 문구가 대신한다고 생각해 보라. 나는 눈을 감고도 가슴의 어두운 수평선 밑에서 태양이 환하게 떠오르는 것을 볼 수 있었고, 그 환상은 내가 눈을 뜨고 있는 내내 몇 개월 동안 반복 재생되었다. 어쩌면 나는 실제로 내 안에 하얗고 밝은 태양을 가지고 있었는지도 모른다. 나는 처음 다짐한 것과는 다르게 해안가를 따라 이 카페 저 카페를 구경하며 공책과 책을 들고 가서 독서를 하고 글을 썼고, 헬스장도 다녔다. 하지만 나는 그 어느 활동에도 얽매여있지 않았다. 그때 나는 완벽한 나그네였다. 마음이 가벼웠다. 나는 목적을 위해 존재하지 않았고, 마치 죽음을 받아들이고도 그것에 전혀 개의치 않는 사람처럼 흔들림 없었다. 비록 그런 생활이 한없이 계속될 수는 없었고 나도 그것을 알고 있었지만 말이다. 내가 단 한 가지 감정을 기억하고 끊임없이 상기시켜야 한다면 그 시절의 감정을 간직하고 싶다.

어느 날은 밤바다를 구경하러 나갔는데 해무가 잔뜩 껴서 한치 앞도 보이지 않았다. 주변은 평소보다 더 어두웠고 그래서 그런지 더 고요한 것 같기도 했다. 나는 긴 바지를 허벅지 위까지 말아올리고 딱 거기까지 잠기는 수위까지 바다 안으로 들어갔다. 그리고 고개를 들어 수평선을 응시하자 온 세상이 안개 속에 들어왔다. 우주 안에 있는 것 같았다. 내 아래 수면 말고는 사방에 아무것도 보이지 않았고 오직 나만이 이 세상에 있었다. 그때를 잊을 수가 없다. 거기서 나는 잠깐 헤드폰으로 음악을 듣고 집으로 돌아왔다. 그때쯤 많이 들은 노래가 있는데 그 가사 중에 내 가슴이 들어온 한 라인이 있었다. 'Someday you'll know where you are', '어느 날 너는 알게 될 거야, 네가 어디에 있는지.' 나는 울산을 떠나는 마지막 날, 매일 밤 해안에서 바라보던 먼 초록색 등대를 직접 찾아가 거기서 밤바람을 한참이나 맞으면서 그 노래를 들었다. 방황하고 있다고 느끼는 나에게 그 가사는 한 줄기 빛, 정확한 이정표였다. 나는 생각했다. '나도 언젠가 내 위치를 알 수 있겠지.' 지금도 나는 내가 어디에 있는지 정확히 알 수 없지만 나는 내 안에서 균형을 찾아가고 있다. 그리고 내 주변의 세상을 내가 정확히 행동해야만 유지할 수 있다는 사실도 인지하고 있다. 하지만 언젠가는 그 감정을 다시 느끼고 싶다. 내가 돌아갈 곳이 있다고 느끼고 싶다. 그리고 그 자유로움과 앞으로 펼쳐진 무한한 시간을.

한참동안이나
어두운 터널 속을 지나고 있지만
나는 앞을 더듬어가는
내 손끝의 감각을 믿어.
그리고 꼭 잡은 너의 손을.
그리고 네가 믿어주는 나 자신을.
그리고 네가 믿어줄 때
나는 강해질 수 있어.

아무리 가혹한 기억이라도
용서받을 수만 있으면 즉시 추억이 된다.

체념할 것이 많을 수록 어른이 되어가고
나의 희망은 현미경처럼 더 세밀한 대상을 조준한다.
그 안에서 나는 다시 새로운 세상을 발견하고
순진한 어린아이가 된다.

우리는 용기를 '내지' 않는다.
우리는 행동의 끝에서 용기를 '발견'한다.

나는 항상 잠깐의 어두운 터널 뒤에
가장 좋은 것이 나를 기다리고 있다고 믿는다.
그것이 나를 가장 의욕 있는 상태로 만들어준다.
터널의 끝에서 빛의 흔적조차 발견할 수 없을 때에도
나는 생각만큼 어렵진 않을 거라고 스스로를 다독인다.
내가 그만큼 어려움이나 이 세상에 대해
잘 알고 있진 않을 거라고 스스로를 책망한다.
나는 알 수가 없다, 얼마나 좋은 것이
나를 기다리고 있을지.
내가 얼마나 좋은 사람이 될 수 있을지.
나는 영원히 기대하면서 터널 끝을 향해갈 뿐이다.

아픔까지가 내 모습.
상처까지가 내 얼굴.
모든 어두운 골목길들을 어슬렁거렸던
시간들까지가 내 이야기.

당신 속의 의심하는 자를 의심하라.
당신이 걸음을 내디디려 할 때
그 길에 대해 생각하는 자를 의심하라.

밟히고 더러워져도 죽지 않는 존재가 될래요.
아스팔트 도로가에 피어난 강철의 민들레처럼.

CHAPTER III

A Milestone

나는 다른 이야기를 쓰러 이곳에 왔노라
다른 이야기를 말하기 위해 기다렸노라
그대 입술 뒤로 숨겨진 이야기들
지금 내가 하고 있는 일이 아닌
다른 무언가를 하려고 나는 여기 왔었노라
어디서부턴지 나는 길을 잘못 들었고
지금은 되돌아가야 할 갈림길과
올바른 표지판이 있는 곳까지 나는 왔던 길을 헤매야만 하노라
그러면 거기서 새로운 길을 밟고
지나온 나날은 모두 잊으리라
가졌던 짐은 그 자리에서 벗으리라
기다란 종이에 써 내려갔던 모든 할 일들은
그만 포기하리라, 헛된 세월이 기록된 모든 종이들

분신

가능하다면
그대가 가장 아끼는 것을 잃어버리라.
없이는 살아갈 수 없는 것을 상실하라.
아쉬움에 한탄하거나
한동안 슬픔에 잠기는 정도로는 충분치 않다.
그대 자신이 죽어가고 있음을 직감하라.
그대의 가장 깊은 밑바닥이 무너져내리고 있음을 감지하라.
그대의 몸이 분노로 가득 차
성냥도 없이 스스로 불타오를 수 있게.
그대의 몸이 너무 뜨거워서
도저히 가만있을 수가 없게.
그대의 슬픔을 연료로써
조금도 남김없이 재로 만들어라.
매 순간 절망에 발을 담그고
매 순간 거기서 빠져나오라.
자기 몸에 불을 지른 남자가
대로로 뛰쳐나가 공중으로 산화하듯이.

어느 색을 사야할까

내가 가장 하찮게 여겼던 삶의 부분들이
시간이 지나 지금의 나를 이루었다.
별 생각없이 사들인, 자주 입게 된 옷처럼
내 선택과 상관없이 나는 길들여졌다.

내가 내 마음을 허락한다면.
누군가가 내 마음을 제멋대로 주무를 수 있게 내버려둔다면.
나는 어떤 모습이 될까.
나는 새로워질까.
너무 갖고 싶었지만 산 후에는 좀처럼 입지 않는 옷들로
내 옷장을 가득 채우고 싶지 않다.

친구들이 만류했던 길,
내가 옳다고만 믿었던 선택
그걸 달리 했다면 지금은 어떻게 됐을까.
분명 많은 간극이 원래의 삶과 지금의 현실 사이에 생겼다.
처음엔 별로라고 느꼈지만 듣다 보면 마음에 드는 노래처럼.

내가 무언가를 진정으로 원하는지 아닌지,
아니면 옳은지 그른지.
후회하고 바로 잡아야 할지,
지나간 일에 만족하고 말아야할지.

이 옷의 어느 색을 사야할지,
아니면 고민할 더 중요한 것이 따로 있는지,
일어날 경험 앞에 항복하고
자존심을 허락하기 전에는
알 수도, 이해할 수도 없다.

열망의 구름 위에서

그대, 내려오라
열망의 구름 위에서
고요함의 수면 위로 사뿐히 내려오라
격앙된 가슴을 깊이 가라앉히라
어디까지 올라가려는가, 그대
환상 속의 계단은
딛을 때마다 아찔하기만 할 뿐
상처가 깊을 수록
그대는 비상하고자 한다
여기 수면 위로 내려와 그대의 잠잠한 얼굴을 비추고
그대의 민낯과 허무함에 맞닿으라

모노드라마

나는 이런 한 가지 드라마를 떠올린다.

그대는 일과 스케줄에 치이던 일상을 어쩌다 잠깐 벗어나

뜻밖의 긴 여유로운 시간을 얻었다.

그대는 이 순간 아무 할 일이 없다고 느낀다.

아주 약간의 심심함 속에서 가슴의 자유로움이 밀려들어온다.

집을 청소하기 위해 잡동사니를 방 한쪽 구석으로 잠시 다 몰아넣는 것처럼

그대의 번잡한 생각들은 잠시 자리를 비우고 머릿속은 깨끗해진다.

그대는 집으로 돌아가는 길에, 혹은 산책을 나서는 길에

오며 가며 봤지만 한 번도 들린 적 없는 커피숍에서 커피를 사들고 방향 없는 길을 나선다.

나침반 없는 항해처럼,

평소와 똑같이 다니던 공간이지만 여행을 나온 것처럼.

그대는 어느 한적한 골목으로 들어선다.

사람이 없고 세상은 고요하다.

그대는 골목 속의 몇 개의 코너를 지나면서 주변 풍경을 구경한다.

봄이라면 담장 위로 벚꽃이,

여름이라면 가랑비가,

가을이라면 붉은 낙엽이,

겨울이라면 눈꽃이 사뿐히

그대가 가는 길 위로 내려온다.

그대는 이 순간 생각한다.

'내가 지금까지 하던 모든 일들이 나랑 상관이 있는 일인가?

내가 살면서 매달렸던 것들이 나한테 없어선 안될 것들이었나?'
머리 꼭대기에서부터 발끝까지
겹겹이 쌓아 올린 자신이 벗겨져내려간다.
쓰지 않지만 모아놓은 돈,
입지 않지만 옷장에 가득한 옷들,
만나지 않지만 연락처에 가득한 사람들,
즐겁지 않지만 억지로 하는 일들.
그 와중에 항상 떠오르지만 매번 그냥 지나쳤던 생각들이 있음을 깨
닫는다.
'이 빈 시간, 텅 빈 공간, 가슴 깊은 곳에서 뭔가가 새어 나오는 이 작
은 틈새, 그것이 진정한 나야.'
모든 것이 벗겨진 그대는 갑자기 사랑하고 싶은 욕구가 치솟는다.
가슴속의 텅 빈 공간을, 온 힘을 다해 사랑으로 힘껏 메우고 싶은 의
지가.
그대는 골목을 빠져나온다.
도로에 차들이 시끄럽게 돌아다니고
사람들이 엑스트라들처럼 길을 오간다.
일상이 계속된다.
당신은 이전의 원래 상태로 돌아왔고
내일 혹은 다음 주가 되면 다시 일과 스케줄에 치여야 한다는 것을 떠
올렸다.
하지만 가슴 속의 텅 빈 공간은,
그 골목의 고요함은, 그 강렬한 침묵은 사라지지 않고 그대로 남아
집중만 하면 언제든지 느낄 수 있었다.

나는 이 드라마 끝에서

그대의 가슴속에서, 언젠가 읽었던 한 가지 문구가 떠올랐다고 마무리하고 싶다.

'옳고 그름의 생각 너머에 들판이 있다.

와서 그곳에서 나를 만나라.'

　―잘랄루딘 루미

간호사의 주문

간호사가 말한다.
 "힘을 빼세요."
그 순간 깨닫는다.
내가 온 세상을 향해 힘을 주고 있었음을.
내게 깊이 들어오려는 모든 것은
주사기와 같아서
힘을 빼지 않고서는
사랑도 아픔도 있는 그대로 받아들일 수 없다는 것을 깨닫는다.
고요히 골목길을 걸어갈 때,
내 가슴이 다시 한 번 단숨에 목적지까지 달려나가자고 소리칠 때,
원하는 것을 얻고야 말겠다고 발버둥칠 때
나는 간호사가 된 것처럼 스스로를 다독인다.
 "힘을 빼세요."

2022.12.6

이 순간 나를 기쁘게 하는 것들을 떠올린다. 살아있어서 감사하다고 느끼게 하는 것들. 살면서 가장 행복했던 때가 언제냐고 묻는다면 바로 그런 때라고 말할 수 있는 것들. 출퇴근 길에 록 음악을 듣는 기쁨, 피아노를 연주하는 기쁨, 실력이 늘어감에 따라 코드들을 구분할 수 있게 되는 기쁨, 운동하는 기쁨, 특정 부위의 근육을 한 달 동안 집중해서 눈에 띌 만큼 키울 수 있는 기쁨, 정해진 것만 먹을 수 있는 기쁨, 러닝하는 기쁨, 3km를 18분에 뛰었다가 몇 달 뒤에는 14분만에 뛸수 있게 된 기쁨, 사람들과 대화하고 웃을 수 있는 기쁨, 친구들과 있을 때만큼은 멍청하게 행동해도 되는 기쁨, 때로는 욕지거리를 하고 음란한 농담을 하면서 함께 웃을 수 있는 기쁨, 좋아하는 여자가 생기면 은근슬쩍 찔러서 멀리까지 갈 수 있는 기쁨, 키스하는 기쁨, 입술이 떨어진 뒤에 말없이 서로의 눈동자를 잠시 응시하는 기쁨, 태닝하는 기쁨, 여자들이 팔을 몰래 훔쳐보는 것이 느껴지는 기쁨, 점점 더 까매지고 싶다고 느끼는 기쁨, 매일 온몸 구석구석에 스킨을 발라야 하는 번거로운 기쁨, 향수를 맡는 기쁨, 봄에 길에서 라벤더 꽃향기를 한참 맡았던 기쁨, 퇴근길에 시향 숍에서 이런저런 향수를 시향하는 기쁨, 그 노트들을 기억해뒀다가 다른 향수에서 같은 노트를 인식하는 기쁨, 지나가는 사람의 향수가 상탈33이거나 정확하게는 모르겠지만 딥티크라는 것을 알아차리는 기쁨, 때로는 그런 식으로 모르는 사람에게 말을 걸어서 그 향수를 맞추었다는 것을 확신하는 기쁨, 당신의 이미지에 그 향수가 엄청 잘 어울린다고 괜히 추켜세워주는 기쁨, 옷을 차려입는 기쁨, 클래식한 옷들로 행거가 채워지는 기쁨, 가지런히 놓인 구두들을 구경하는 기쁨, 아이보리, 베이지, 브라운, 다크 브라운 식으로 색상을 매치하는 기쁨, 사람들이 그것을 말없이 높게 사는 눈빛을 보내는 것을 보는 기쁨, 글을 쓰는 기쁨, 무엇을 써야 할지가 계속해서 떠오르는 기쁨, 펜의 잉크가 시시때때로 다 돼서 갈아주는 기쁨, 40개들이 교체 잉크를 한 펜으로 다 써버렸던 기쁨, 메모하는 기쁨, 계획하는 기쁨, 계획한 대로 실행하려고 노력하는 기쁨, 커피를 마시는 기쁨, 에스프레소의 뜨끈 쌉쌀하게 찌르는 맛, 사랑하는 것을 추구하는 기쁨, 때로는 삶을 더 넓게 이해하는 기쁨, 때로는 나 자신을 버릴 수 있는 기쁨, 다시 나 자신을 추구할 수 있다는 기쁨, 내 주변의 것들이 적어도 최소한은 정밀조정되어 있다는 기쁨, 내 손에 닿는 것들이 내 취향과 기준에 들어맞게 설계되었다는 기쁨, 먼 길이 아득하게 느껴질 때 '일단은 눈앞의 것에만 집중하자'는 용기를 내는 기쁨, 가사를 듣거나 소설을 읽거나 시를 읽거나 정보를 습득하면 거의 다 기억할 수 있는 기쁨, 정보가 연합되는 기쁨, 그것이 뿌리를 내리고 가지를 뻗쳐서 새로운 것들에 뉴런을 연결하는 기쁨, 이것들이 다 내 자발적인 사랑에서 비롯되었다.

그리고 내가 그 가슴과 함께 있을게

내가 그 가슴과 함께 있을게
네가 오래 부재중인 그 차가운 가슴과.
혼자 있을 때 너의 헝클어진 머리와
침대 위에 널브러진 그 겨울 외투들과 젖은 수건과 속옷들과
너의 불 꺼진 방과 함께 있을게
너의 눈물 속의 앙금이 될게
눈물이 마른 자국의 그 피부의 당김이 될게

내가 네 심장의 수백 바늘의 꿰맨 자국과
그럼에도 불구하고 보다 깊은 생명력에는 조금도 영향을 미치지 못한
그 매일의 아픔과 함께 있을게
내가 네 출근길에 스쳐지나는 수백 명들과 밝게 나누는 인사가 될게
네가 사막을 걸어갈 때 내가 지구 반대편에서 피어나는 꽃이 되고
네가 웃고 있을 때 네 얼굴 뒤에서 잠자코 기다리는 무표정이 될게
네가 주말에 놀러나가 즐거운 시간을 보내는 사이에
돌아올 너를 반기는 저녁 현관의 부드러운 침묵이 될게

네가 스스로의 아픔을
보란 듯이 천천히 들어오는 주삿바늘처럼 직시하기 어려울 때
내가 그 아픔을 지켜볼 세 번째 눈동자가 될게
네가 세상을 향해 스스로를 변호하고 심판대에 섰을 때
내가 그 아픔을 목격한 증인으로 서있을게
내가 그 주사기 안에 차오르는 붉은 혈액 속에 있을게

내가 네 장미꽃을 붉게 물들이는 분노가 될게
그럼으로써 너 자신의 색깔이 밖으로 터져 나올 수 있게
네가 사람들 사이에서 약자의 역할을 자처할 때
내가 너의 감춰둔 힘과 잠재된 반격이 될게

네가 하고 싶은 말을 목구멍 밑으로 삼켜야 할 때
내가 독백으로 울려 퍼지는 가슴속의 넓은 공간이 될게
식물의 줄기가 맨 위의 열매까지 물을 끌어올리는 것처럼
내가 목구멍까지 힘차게 밀어올리는 너의 가장 낮은 목소리가 될게

내가 너의 침몰한 아이디어를 건져내는 샐비저가 될게
네가 한 가지를 선택할 때 기각되는 다른 모든 가능성과 함께 있을게
네가 사소한 것을 너무 가까이 보느라 보지 못하고 지나간 것을
내가 언제든지 네 시야 안에 다시 흘려놓을게
그래서 네가 과거의 선택으로부터 배울 수 있게

너의 수면이 폭풍 치듯이 흔들릴 때도
내가 네 바다 밑바닥에 침전한 불변함이 될게
네가 예보된 적 없는 비에 젖어 고개 숙인 동안에도
내가 구름 위에서 맑은 석양을 보고 있을게

두 개의 눈동자,
두 개의 귀,
두 개의 손,
두 개의 발,
하나의 가슴.
그리고 내가 그 가슴과 함께 있을게

It was such a long long fight
but now I'm here in you like this
no invitation, no hard knocking
I believe in what easy things can do

침묵을 닮은 음악

1판 1쇄 발행 23년 7월 20일

지은이 이활

편집 이새희
마케팅·지원 김혜지

펴낸곳 (주)하움출판사   펴낸이 문현광

이메일 haum1000@naver.com   홈페이지 haum.kr
블로그 blog.naver.com/haum1000   인스타 @haum1000

ISBN 979-11-6440-397-4